SPY x FAMILY

OKASHI

S-FAM 91225

SPY×FAMILY

FAMILIENPORTRÄT

ORIGINAL:
TATSUYA ENDO

GESCHICHTE:
AYA YAJIMA

CHARACTER

LOID FORGER

Familienrolle: Ehemann

Tarnberuf Psychiater, in Wirklichkeit ist er ein unter dem Codenamen „Twilight“ operierender Top-Agent aus Westalis und ein Meister der Tarnung.

YOR FORGER

Familienrolle: Ehefrau

Tarnberuf: Angestellte im Rathaus. Ist in Wahrheit eine Auftragskillerin mit dem Codenamen „Dornen-Prinzessin“.

ANYA FORGER

Familienrolle: Tochter

Erstklässlerin an der berühmten Eden-Akademie. Durch Experimente einer gewissen Organisation hat sie die übernatürliche Kraft entwickelt, Gedanken lesen zu können.

BOND FORGER

Anyas Spielkamerad und Wachhund der Forger-Familie. Er war einst ein Forschungsobjekt in einem Militärprojekt und kann seitdem in die Zukunft sehen.

MISSION

OPERATION „STRIX“

Ein Plan, um den Gefährder Desmond aufzuspüren, der den Ost-West-Frieden bedroht. Für diesen Zweck muss Loid am Kennenlerntreffen der berühmten Eden-Akademie teilnehmen.

TARGET

DONOVAN DESMOND

Zielperson von Operation „Strix“. Vorsitzender der Nationalen Einheitspartei in Ostania.

KEY PERSON

DAMIAN DESMOND

Zweitältester Sohn der Zielperson.

FRANKY

Informant und Helfer von „Twilight“.

YURI BRIAR

Yors Bruder. Leutnant der Geheimpolizei.

STORY

Donovan Desmond ist eine bedeutende Persönlichkeit in Ostania. Um seine finsteren Pläne zu vereiteln, schickt das Land Westalis seinen besten Agenten „Twilight“. Er erhält den Auftrag, eine Familie zu gründen und das Kind auf die berühmte Eden-Akademie zu schicken. Aber seine neue „Tochter“, die er aus einem Kinderheim geholt hat, hat übernatürliche Kräfte, und seine frisch gebackene „Frau“ ist eine Killerin, der die Rolle als Mutter gerade gelegen kommt! Obwohl diese drei nun vorgeblich eine Familie sind, verbergen sie ihr jeweiliges Geheimnis voreinander. Bei einem Anschlag auf den Außenminister von Westalis gerät Anya in die Fänge der Attentäter. Doch sie wird unversehens von einem Hund, der in die Zukunft sehen kann, gerettet, und zusammen helfen sie dabei, den Anschlag zu verhindern. Zum Dank wird er ebenfalls in die Familie aufgenommen und erhält von Anya den Namen „Bond“. Die Familie scheint nun komplett und bestens für Operation Strix gewappnet. Dabei gibt es noch zahlreiche Gefahren, die den fragilen Frieden zwischen Ost und West bedrohen!

SPY×FAMILY

FAMILIENPORTRÄT

NOVEL MISSION : 1

„Unterricht im Freien?"

Mit ihren großen, schwarzen Augen blinzelte Yor Anya zu, als sie den dampfenden Kakao vor ihr auf den Tisch stellte. Anya nickte ihr zu und zog die Tasse näher zu sich heran.

„Ja. Nächsten Freitag macht unsere Klasse einen Ausflug in die Berge", sagte sie und schob Yor den Zettel zu, den sie in der Schule bekommen hatte, auf dem der Ausflug in die freie Natur angekündigt wurde.

„Hi hi. Da freust du dich aber, hm?"

„Ja. Und zum ersten Mal schlafe ich nicht zu Hause."

„Hm?" Yors Lächeln wich einem Ausdruck der Überraschung.
„Ihr bleibt dort über Nacht?"

„Jepp."

Yor versuchte, sich nichts anmerken zu lassen und biss sich auf die Lippen, nicht ahnend, dass Anya ihre Gedanken lesen konnte.

Gedanken zu lesen, das war Anyas Superkraft, seit sie in einem Labor als Versuchsobjekt 007 hatte herhalten müssen.

Anya ist doch erst sechs. Ist das nicht zu jung, um woanders zu übernachten? Und dann auch gleich noch irgendwo in den Bergen? Geht das nicht zu weit?

Ich sollte ihr beibringen, wie man wilde Tiere fängt oder vertreibt. Sie muss doch wissen, wie man im Notfall einen Bären in die Flucht schlägt …

Die Gedanken in Yors Kopf wurden von Bildern begleitet. In ihnen schnappte sich Yor die Zunge eines monströsen Bären und band sie an einem Baumstumpf fest, erlegte ein Reh und machte daraus Gulasch. Daneben stand eine schockstarre Anya, von oben bis unten besudelt und zu Stein geworden. Der echten Anya lief es angesichts von Yors Gedankenwelt kalt den Rücken herunter.

Camping mit Mama ist ganz schön heftig.

Anyas Mutter, Yor Forger, hatte ein ruhiges Wesen und arbeitete als Angestellte im Rathaus von Berlint, der Hauptstadt von Ostania. In Wahrheit aber war sie eine berüchtigte Profi-Killerin und unter dem Codenamen *Dornen-Prinzessin* bekannt. Ihre Fähigkeiten als Auftragsmörderin waren fast schon übermenschlich. Wenn sie überhaupt eine Schwäche hatte, dann war es vermutlich ihre ausufernde Fantasie.

„Also schön. Erst mal besorgen wir dir ein Survivalmesser, aber ein gutes … und ein dickes Seil, mit dem du Tiere fangen kannst …

Am besten bringe ich dir auch gleich ein paar Fesseltechniken bei. Und natürlich, wie man Fallen stellt …“, murmelte Yor leise vor sich hin.

„Sie machen zwar Unterricht in freier Natur, aber ich glaube nicht, dass sie sich ihr eigenes Essen fangen müssen, oder?“, brummte Vater Loid Forger über den Rand seiner Kaffeetasse hinweg, die ihm Yor gebracht hatte.

„Entschuldige, Yor, darf ich den Zettel mal sehen?“

„Ach, natürlich.“

Anyas Papa war Psychiater im Allgemeinen Krankenhaus von Berlint, weswegen er es gewohnt war, sanft und in ruhigem Tonfall zu sprechen, um einen beruhigenden Einfluss auf seine Patienten zu haben. Hinter seiner gutbürgerlichen Fassade war er jedoch in Wahrheit ein Top-Spion aus Westalis, das mit Ostania in einem kalten Krieg lag. Sein Codename lautete *Twilight*.

Doch genauso wenig, wie Loid wusste, dass Yor eine Killerin war, wusste Yor nicht, dass Loid ein Spion war. Anya war die Einzige, die aufgrund ihrer übernatürlichen Kräfte über beide Bescheid wusste. Umgekehrt ahnten die Eltern nichts von der speziellen Begabung ihrer Adoptivtochter.

Wobei Yor zusätzlich glaubte, dass es sich bei Anya um Loids leibliche Tochter handelte. Nach außen hin eine normale Familie, war es hinter den Kulissen unglaublich kompliziert, dieses vorübergehende Lügengeflecht am Leben zu halten.

„Also, hier steht, sie bleiben zwei Tage und eine Nacht. Geschlafen wird in Zelten, aber es gibt dort auch Betten, Tische, Sofas, Teppiche, Laternen, Toiletten und sogar einfache Duschen", zählte Loid auf, während er den Zettel überflog, den seine Frau ihm gereicht hatte.

„Na ja. Was man heutzutage anscheinend unter Zelten versteht."

„Ich glaube, auch heutzutage gibt es so etwas wohl nur an der Eden-Akademie."

Yor schaute Loid aus ihren großen Augen an und lächelte verlegen. Die Eden-Akademie, Anyas Schule, war ein Elite-Internat in Ostania. Die Schüler dort stammten fast alle aus reichen Familien. Andere waren Kinder einflussreicher Politiker. Um die Schüler vor Fremden und Schmarotzern zu schützen, die sich ihre Herkunft zunutze machen wollten, befand sich der Ausflugsort auf einem bewaldeten Berg, der der Schule gehörte.

Außerdem hatte man dafür gesorgt, dass nicht sämtliche Klassen auf einmal, sondern nacheinander dort übernachteten, um die Zahl der Schüler, auf die die Lehrer achtgeben mussten, überschaubar zu halten und auch nachts perfekten Schutz gewährleisten zu können.

„Mach dir keine Sorgen, das Wetter ist herrlich und für die Kinder wird das eine schöne Abwechslung sein. Immer nur Klassenunterricht reicht für eine gute Allgemeinbildung eben nicht aus, meinst du nicht auch?“, beruhigte Loid seine Frau.

„Dann ist es ja gut.“

Die Worte ihres Ehemanns schienen Yor überzeugt zu haben. Sie ging in die Küche, um Kekse zu holen.

„Aber …“

Loid blickte erneut auf den Zettel hinab und dann zu Anya hinüber.

„Bei eurem Unterricht in der Natur werdet ihr auch lernen, wie man im Freien kocht und wie man die Sterne liest. Also pass gut auf, was eure Lehrer euch zeigen, und vertrag dich mit deinen Freunden. Kein Streit, okay?“

„Okidoki!“

Anya führte ihre rechte Hand zu einem militärischen Gruß

an die Schläfe.

„Sehr gut.“ Loid nickte.

„Das Beste an einem Campingausflug ist die gemeinsame Anstrengung. Danach versteht man sich auch mit den Schülern, mit denen man sich sonst immer gestritten hat.“

„Jepp.“

„Vertrag dich also gut mit deinen Freunden, ja?“

Das hat Papa schon zweimal gesagt.

Hinter dem väterlichen Lächeln Loids verbargen sich die handfesten Ziele des Spions Twilight. Als Mitglied von WISE, der Westalis Informations- und Schutzeinheit, bestand sein Auftrag im Rahmen der Operation Strix darin, die Bewegungen von Donovan Desmond, dem Vorsitzenden der Nationalen Einheitspartei, im Blick zu behalten, weil dieser eine Bedrohung für den Ost-West-Frieden darstellte. Desmond war ein äußerst vorsichtiger Kerl und ließ sich praktisch nie in der Öffentlichkeit blicken. Die einzigen Gelegenheiten waren die Kennenlerntreffen der Eden-Akademie, auf die auch seine Söhne gingen. Doch um daran teilzunehmen, musste man Vater oder Mutter eines besonders begabten Kindes sein. Genau dies war Loids Ziel.

Hierfür hatte er Anya aus einem Waisenhaus geholt, sie adoptiert und auf die Eden-Akademie geschickt. Nur leider ließen Anyas Noten keineswegs auf eine besondere Begabung schließen. Während „Plan A", der ursprüngliche Plan, vorsah, aus Anya eine Imperial Scholar, eine Hochbegabte, zu machen, hatte Loid sich für den Notfall auch einen „Plan B" zurechtgelegt. Plan B besagte, dass sich Anya mit dem jüngeren von Donovans Söhnen, Damian, anfreunden sollte. Aber auch diesen Plan hatte Anya schon an Tag eins beinahe vereitelt, indem sie Damian geohrfeigt hatte.

Wenn Anya also diese Chance nutzen könnte, um sich ein wenig mit Damian anzufreunden …

Auch die Gedanken Loids kamen von Bildern begleitet in Anyas Kopf an. Sie zeigten Anya fröhlich lächelnd und vergnügt Seite an Seite mit Damian beim Camping. Der Gesichtsausdruck der echten Anya verfinsterte sich dabei.

„Ich mach das schon, Papa."

„Hm?"

„Ich werde mich mit allen gut verstehen."

Als er Anya das sagen hörte, strahlte Loid übers ganze Gesicht.

„Ja! Sei brav und gib dein Bestes.“

Der Ost-West-Frieden ruht auf deinen Schultern.

„Jepp.“

Anya verehrte ihren Vater, und weil er sich so auf sie verließ, war sie nun hoch motiviert. Sie knabberte Kekse, schlürfte ihren Kakao und schmiedete im Stillen bereits an einem „Freunde-beim-Camping-Plan“.

Ich werde viel übers Camping lernen. → Nummer Zwei wird mich bewundern. → „Toll, Anya. Du bist eine Meistercamperin. Lass uns Freunde werden. Komm mich doch mal mit deinem Papa besuchen. Dann gehen wir zusammen zelten.“ → Ich gehe mit Papa zum Haus von Nummer Zwei. → Wir treffen den Papa von Nummer Zwei. → „Willkommen in meinem Anwesen, Herr Forger.“ „Freut mich, Herr Desmond. Bitte lassen Sie doch den Krieg bleiben.“ → Der Weltfrieden ist gerettet.

Sich ihrer selbst und ihres Plans sicher, grinste Ayna vor sich hin. Nun kam auch Bond in die Küche getrottet, schmiegte sich an Anyas Beine und schnüffelte an ihrem Kakao.

„Woff“, bellte er. Sein weiches Fell kitzelte sie.

„Hey, Kakao ist nichts für Hunde, Bond. Für dich wäre das wie Gift“, ermahnte Loid den verfressenen Familienhund.

„Ich hole dir ein Schälchen Milch."

Yor stand ebenfalls auf.

„Ach, Loid. Das kann doch ich …"

„Nein, ich mach das schon. Bleib du mal sitzen und ruh dich ein bisschen aus, Yor."

„Ach, ruh du dich lieber aus, Loid. Du hast doch immer so viel um die Ohren."

Auf diese Weise die Bedürfnisse des jeweils anderen achtend, gingen sie nun gemeinsam in die Küche und hintendrein trottete langsam Bond.

Papa, Mama und Bond …

Wie Anya den dreien so nachsah, musste sie daran denken, wie sie damals aus dem Labor geflohen und schließlich im Waisenhaus und bei wechselnden Pflegefamilien gelandet war. Nun aber hatte sie endlich ein wundervolles Zuhause. Wenn jetzt noch Frieden auf der Welt einkehren würde, könnte sie für immer mit Loid, Yor und Bond zusammen sein und in Frieden leben.

„Ich werde mich anstrengen!", dachte Anya und ballte entschlossen ihre kleinen Hände, während Bond in der Küche seine Milch bekam.

„Hört alle her. Heute beginnt unser zweitägiger Unterricht in der freien Natur. Ich wünsche, dass ihr euch elegant verhaltet, wie man es von Schülern der Eden-Akademie erwarten kann."

„Ja!"

Nach außen hin machten die Schüler der Klasse 1-C beflissene Gesichter, so als hörten sie Henry Henderson, dem Klassenlehrer, aufmerksam zu, tatsächlich jedoch hatte die Natur mit all ihren Reizen die Kinder längst gepackt.

„Wow, die Blumen riechen aber toll."

„Oh, da! Da war gerade ein Eichhörnchen!"

„Der Wind fühlt sich echt schön an …"

„Was ist das für eine Frucht?"

„Ich kann die Vögel zwitschern hören."

Ohne Unterlass prasselten die aufgeregten Gedanken ihrer Klassenkameraden auf Anya ein. Aber sie selbst war genauso vom satten Grün des Grases und der Bäume, dem klaren blauen Himmel, den man in der Stadt so nicht sehen konnte, und den ihr unbekannten Vögeln und Insekten gefesselt.

Und genau so, wie ihr Papa es erzählt hatte, standen in den großen, weißen Zelten nicht nur weiche Betten, sondern sogar schwingende Hängematten bereit.

So aufregend.

Anya war hin und weg von ihrem ersten Campingausflug, sodass sie den „Freunde-beim-Camping-Plan" ganz und gar vergaß.

Nach Mister Hendersons Ansprache wurde die Zuteilung der Schüler auf ihre Gruppen und Zelte bekannt gegeben und Zutaten sowie Kochutensilien ausgeteilt. In Anyas Klasse waren sie insgesamt 29 Schüler. Jedes Zelt wurde von zwei oder, im Ausnahmefall, von drei Personen bewohnt. Zwei Zelte zusammen ergaben eine Gruppe, sodass es am Ende sechs Gruppen mit vier und eine Gruppe mit fünf Schülern gab.

„Wie toll, dass wir im selben Zelt sind, Anya."

Anyas Freundin Becky Blackbell freute sich.

„Ich hab sogar Schokolade von einem beliebten Chocolatier mitgebracht, die wir im Zelt essen können. Guck mal, wie niedlich die Verpackung aussieht."

„Ich hab Erdnüsse dabei", konterte Anya.

„Hi hi hi. Und nachts können wir beim Naschen dann

Liebesgeschichten austauschen, ja?“

„Liebesgeschichten?“

In Anyas Sprachschatz war das Wort „Liebesgeschichten“ fremd, weswegen sie etwas überrascht dreinblickte. Becky jedoch hielt sich verschmitzt ihre Hand vor den Mund. Dann schaute sie vielsagend zu den Jungs hinüber.

„Apropos Liebesgeschichte: Du hast echt Glück, Anya. Du bist in der gleichen Gruppe wie er. Die Kraft der Liebe ist wirklich gewaltig, oder?“

„Hm?“

Anya folgte dem Blick ihrer hibbeligen Freundin und entdeckte Damian Desmond, den Sohn von Loids Zielperson, umringt von seinen zwei Mitläufern. Seine wuscheligen schwarzen Haare wippten frech in sein leicht überheblich dreinblickendes Gesicht. Als er Anyas Blick bemerkte, starrte er zurück.

„Was ist? Guck nicht so doof, du Schrumpfbirne“, blaffte er. „Sag bloß nicht, dass ich schon wieder mit dir in einem Team bin, du Zwerg.“

„Auweia. Ich glaube, du bist verflucht, Damian“, sagte einer der Mitläufer. „Vielleicht ein alter Zwergen-Fluch?“

Der andere seufzte: „Mit diesem Dummbatz in einer Gruppe? Nie haben wir Glück."

„Nummer Zwei ist ein grunzender Ekel-Käse, wie immer. Die beiden anderen auch", ärgerte sich Anya. Aber wenigstens fiel ihr dadurch wieder ein, dass sie doch eigentlich eine Mission zu erfüllen hatte.

„Zum Wohl der Mission muss ich mich zusammenreißen. Die Klügere gibt nach."

Sie schluckte ihren Zorn hinunter und sah Damian geradewegs ins Gesicht.

„Wa… was ist?", rief er leicht verunsichert.

„Hast du ein Problem? Du Proletarierin!"

„Ich wusste, dass wir in die gleiche Gruppe kommen."

„Was?!"

„Also, ich …"

Damian runzelte zweifelnd seine Stirn, Becky jedoch hielt sich mit vor Aufregung zitternden Händen den Mund zu. Ihre großen Augen glitzerten noch mehr als sonst, als sie sagte:

„So sehr hast du also an euer Schicksal geglaubt? Du wusstest, dass ihr in einer Gruppe sein werdet! Mensch, Anya. Du bist ja so romantisch!"

„Romanisch?"

„Das ist wie bei *Verliebt in Berlint*. Ich bin ganz aufgeregt."

„Laufgerät?"

In Wahrheit wusste Anya nur deshalb, dass Damian in ihrer Gruppe war, weil sich Loid vorab ins Lehrerzimmer geschlichen und die Einteilung der Gruppen manipuliert hatte, aber das konnte sie natürlich nicht sagen. Wovon genau Becky da gerade faselte, wusste sie ohnedies nicht, außer dass *Verliebt in Berlint* eine Fernsehserie war, in die ihre Freundin geradezu vernarrt war. Becky steigerte sich unterdessen immer mehr in ihre Begeisterung hinein.

„Ich bin ganz sicher, dass er deine wahren Gefühle auch bald erkennt."

„Hä?!"

Bei diesen Worten wurde Damian rot wie eine Tomate.

„Wa... wa... wa... wa... Was redet ihr da?! Mit euch in derselben Gruppe zu sein nervt einfach nur, nur dass das klar ist! Kurzbein! Pupsrübe! Stinkmolch! Dummbeutel!"

Gleich scheuer ich ihm eine.

Anyas Geduldsfaden war kurz vorm Zerreißen. Heimlich ballte sie die Fäuste, damit es niemand bemerkte.

„Not elegant."

„!"

Lautlos war Mister Henderson hinter ihnen erschienen. Seine Stimme war ruhig und gefasst, dennoch war sie von einer unbestechlichen Autorität, die allesamt unwillkürlich strammstehen ließ.

„Mister Desmond, es ziemt sich nicht für einen Gentleman, so mit einer anderen Person zu reden."

Auf Mister Hendersons Ermahnung hin entrang sich Damians Kehle ein ertapptes Röcheln.

Blöder Mist ... Jetzt wurde ich bloß wegen ihr schon wieder ausgeschimpft ... Es passiert einfach nichts Gutes, wenn ich mit der zusammen bin ... So ein Bockmist ... Die ist so eine Pestbeule.

Hm? Ich bin 'ne Pestbeule?!

Anya machte ein betrübtes Gesicht, als sie Damians Gedanken hörte. Damian wiederum schien ihre Niedergeschlagenheit eine Genugtuung zu sein. Herr Henderson stieß einen tiefen Seufzer aus, der seinen Bart wackeln ließ.

Der „Freunde-beim-Camping-Plan" schien unter keinem guten Stern zu stehen.

„Hörst du? Sei mir bloß kein Klotz am Bein!", befahl Damian überheblich, als er vor den Zutaten und den Kochutensilien stand, die der Gruppe zugeteilt worden waren.

Für das Abendessen war ein Dinner unterm Sternenhimmel von den erlesenen Köchen der Schule geplant, aber das Mittagessen würden die Gruppen selbst kochen müssen.

Wir sind zwar nicht in der Schule, aber Unterricht bleibt Unterricht. Wenn ich wegen der einen Vermerk in meiner Schülerakte bekomme, bin ich noch weiter von einem Stella entfernt als eh schon. Als Mitglied der Desmond-Familie muss ich die Nummer Eins sein.

Wie so oft kreisten Damians Gedanken nur um die Stellas. Hatte man acht dieser Auszeichnungen verdient, galt man als hochbegabt und war ein sogenannter Imperial Scholar. Das Gegenstück dazu war der Tonitrus, eine Strafe, die, hatte man acht davon gesammelt, gleichbedeutend war mit einem Verweis von der Schule.

„Wir werden von allen Gruppen das leckerste Essen kochen!"

„Das Einfachste, was wir mit diesen Zutaten machen können, müsste ein Pot-au-feu sein“, grübelte Becky, während sie in den Beutel mit Zutaten linste.

„Potofo“, murmelte Anya.

„Pot-au-feu ist ein Eintopf, also müssen wir einfach nur alles klein schneiden, ins Wasser tun und mit Salz und Pfeffer abschmecken.“

„Ich mag keinen Pfeffer.“

„Du bist wirklich ein Kind, Anya. Na gut, dann nehmen wir eben keinen Pfeffer.“

„Juhu.“

„Ich schäle das Gemüse. Anya, du kannst …“

„Entscheidet das nicht einfach so!“, brüllte Damian wütend, weil die beiden Mädchen ihn ignorierten.

„Jetzt brüll doch nicht so, was soll das denn?“, meckerte Becky zurück.

„Warum entscheidet ihr das einfach? Geht lieber mal Wasser holen und sammelt Holz, mehr kann man euch sowieso nicht machen lassen.“

Seine beiden Kumpels Emile und Ewen nickten beflissen. Ewen hatte ein rundliches Gesicht und vorstehende Zähne, während Emile ein eher längliches Gesicht hatte.

„Ganz genau“, rief Emile. „Ich wette, ihr habt bestimmt noch nie ein Feuer gemacht.“

„Macht nichts, ihr seid eben nutzlos“, lachte Ewen.

„Also, kommt uns nicht in die Quere.“

„Jetzt tut mal nicht so, als ob ihr das besser könntet“, widersprach Becky genervt, aber die drei Jungs lachten nur.

„Wa… Was denn? Ihr spinnt doch.“

„Herr Greene hat uns schon mal auf ein Überlebenstraining mitgenommen, und der war früher bei der Marine. Feuermachen ist unsere leichteste Übung“, deklamierte Damian.

„Ganz genau, Damian.“

„Ja.“

Von der Zustimmung seiner Mitstreiter bestärkt, streckte Damian stolz die Brust heraus.

„Wir sind sogar mit einem Boot den Fluss runter und durch heftige Stromschnellen gefahren. Stimmt´s, Damian?“

„Ja“, antwortete er hochnäsig, aber dabei fiel ihm augenblicklich wieder ein, wie er ins Wasser gefallen und im nur knietiefen Wasser um sein Leben geschrien hatte.

„Nummer Zwei ist voll uncool", dachte Anya und musste unwillkürlich kichern. Gleichzeitig war sie aufgeregt, denn eine wilde Bootsfahrt auf einem Fluss, das klang spannend!

„Ich will auch mal Boot fahren."

Damian schnaubte abfällig.

„Mit deinen kurzen Beinen würde ich mich lieber nicht aufs Wasser trauen. Wenn du reinfällst, war's das mit dir, Hohlrübe."

„!"

„Wenn man im Boot sitzt, ist es doch ganz egal, ob man kurze oder lange Beine hat."

Und dagegen, dass er mich kurzbeinig nennt, sagst du nichts?!

Beckys wenig entschlossener Einwurf enttäuschte Anya noch mehr, als es Damians Worte getan hatten.

„Du bist doch selber ins Wasser gefallen", murmelte sie.

Vor Schreck wurde Damian einen Moment lang knallrot. „Wo… Woher weißt du das?"

„Uwaaah! Hilfe! Ich bin die Nummer Zwei der Desmond-Söhne! Blubber. Blubber. Haah. Haah", äffte Anya Damian nach, wie sie ihn in seinen Gedanken gesehen hatte.

„Stimmt das? Du bist wirklich ins Wasser gefallen?"

Becky sah Damian mit einer Mischung aus Mitleid und Geringschätzung an.

„Grnk …"

Ertappt und wütend sah Damian zu seinen beiden Handlangern.

„Habt ihr beide etwa gequasselt?"

„Wi… Wir haben nichts verraten! Keiner von uns!", beteuerte Ewen. Und Emile:

„Wir haben gar nichts erzählt! Die redet einfach nur Unsinn!"

Seine beiden treuen Diener schüttelten heftig ihre Köpfe und Damian ließ seinen Verdacht ruhen. Mit noch immer geröteten Wangen starrte er wütend in Anyas Richtung.

„Du blöde Schrottbirne, du hast mich reingelegt."

„Ge… Genau. Hab ich."

Anya hatte keine Ahnung, was genau Damian meinte, beließ es aber dabei.

„Geschieht dir recht."

„Grrr. Du 30-Punkte-Mädchen."

„Niemand mag Typen, die in der Vergangenheit leben."

„Hä?! Was redest du da überhaupt?"

„Das ist aus *Bondman*.“

„Meinst du die Zeichentrickserie? Bist du ein Baby, oder was?!“

Damian war völlig entnervt.

Das war knapp. Nummer Zwei hat mich so geärgert, dass ich beinahe meine Kräfte verraten hab.

Anya atmete tief durch und bemerkte, wie Becky sie grinsend von der Seite anblickte. Sie fand es lustig, wenn ihre Freundin dieses Gesicht machte, auch wenn sie meistens nicht verstand, wovon Becky redete, wenn sie so aussah.

„Hach. Eigentlich mag ich lieber romantische Liebespaare, aber wenn sich zwei andauernd streiten, weil sie die Wahrheit nicht sagen können, ist das auch toll. Bei *Verliebt in Berlint* ist auch so ein Paar. Die machen mich immer ganz hibbelig“, beichtete sie und flüsterte Anya ins Ohr:

„Keine Angst! Ich stehe immer hinter dir, Anya.“

Anya begriff mal wieder überhaupt nichts und legte fragend den Kopf zur Seite.

„Auf jeden Fall teilen wir uns jetzt auf. Die einen holen Wasser aus dem Fluss zum Kochen und Gemüse putzen, die anderen sammeln Holz und machen Feuer“, bestimmte Becky, noch immer ein vielsagendes Lächeln in ihrem niedlichen Gesicht …

◉

„Blöde Blackbell … Warum muss ihre Familie so reich sein?“, schimpfte Damian.

„Becky ist eine Liebe“, erwiderte Anya.

Beckys Plan sah wie folgt aus.

Wasserholen: Anya und Damian. Holz sammeln und Feuer machen: Becky, Ewen und Emile.

Vor allem Damian schien mit dieser Aufgabenverteilung unzufrieden zu sein. Anya dagegen brachte die Steilvorlage ihrer Freundin auf eine tolle Idee.

Vielleicht würde dank Becky ja doch noch etwas aus dem „Freunde-beim-Camping-Plan“. Sie müsste Damian nur zeigen, wie gut sie sich beim Camping auskannte und ihn damit begeistern.

Hmpf. Ich hab mit Mama so viele Bücher übers Camping gelesen, ich bin eine Meisterin im Campen.

Von sich selbst überzeugt, ging Anya zum Fluss hinab.

Der Weg war durch die überall hervorstehenden Baumwurzeln eher ein unbefestigter Pfad und sehr holprig, aber was tat sie nicht alles für den Weltfrieden.

„He, geht es hier überhaupt lang?“, fragte Damian.

„Keine Angst. Ich kenne mich hier perfekt aus“, entgegnete Anya im Brustton der Überzeugung und drehte sich zu ihm um.

„Wa… Was ist denn, was guckst du so blöde?“, geiferte Damian, der mit dem Wassereimer in der Hand hinter ihr herkam.

„Ich freu mich nur, mit dir eine Aufgabe zu haben. Ich bin Becky dankbar.“

Damiens Gesicht färbte sich wieder karminrot und er schnappte stumm nach Luft wie ein Goldfisch an Land.

„Ich weiß, dass du für deine Schülerakte die Nummer Eins beim Camping sein willst. Ich werde dir dabei helfen.“

„Alles für den Weltfrieden“, fügte sie noch leise hinzu, aber Damian hörte zum Glück längst nicht mehr hin. Anya konnte seine Gedanken in ihrem Kopf dröhnen hören.

W… Wieso sagt sie das? Wie meint sie das auf einmal? Aber stimmt eigentlich … Sie hat schon mal gesagt, dass sie mir helfen will und nicht möchte, dass ich von der Schule fliege … I… Ist sie … etwa …

Verstohlen sah er Anya an und konnte seine Verlegenheit dabei nicht verbergen. Er wusste nicht wieso, aber irgendwie ließ ihn das frösteln.

Urgh … Irgendwie fühlt es sich an, als wäre mir schlecht. Außerdem kribbelt es am Rücken. Sie hatte das schon einmal empfunden, als sie seine Gedanken gelesen hatte. Es war ein Gefühl, dass sie nur schwer in Worte fassen konnte, aber sie versuchte, es zu ertragen.

An Damian gewandt sagte sie: „Ich habe viel übers Camping gelernt, damit ich dir helfen kann."

„Du …" Damians Stimme zitterte, aber dann besann er sich …

Nein! Das ist bestimmt nur ein Trick!

?! Was? Hä?, dachte Anya. Damians aufbrausende Gedanken versetzten ihren Körper schlagartig in Anspannung. Einen Moment lang hatte sie geglaubt, er habe den Satz laut ausgesprochen und sich suchend umgeblickt, an wen er seine Worte gerichtet haben mochte. Doch dann begriff sie und spürte, wie sich Damians Herz verhärtete.

Ewen und Emile haben gesagt, dass sie sich bloß bei meinem Vater einschleimen will … Sie ist genauso wie all die anderen Stiefellecker … Es geht immer nur um meinen Vater.

Hm? Wieso denkt er auf einmal an seinen Papa?

Anya stutzte. Hatte er etwa rausgefunden, dass Loid unbedingt Damians Vater treffen wollte? Aber er konnte doch unmöglich ihren Plan durchschaut haben. Immerhin hatte er keine Superkräfte, so wie sie, und konnte nicht Gedanken lesen. Oder?

Angesichts der so plötzlich gekippten Stimmung blickte Anya ratlos umher, bis Damian schließlich mürrisch brummend ausstieß:

„Beeilung. Lass uns weitergehen, du Kalkbirne."

Und mit diesen Worten stapfte er los. Anya folgte ihm mit erstauntem Blick.

◉

„He! Sind wir immer noch nicht da?"

„Nur noch ein bisschen."

Sie gingen schon eine ganze Weile und noch immer hatten sie den Fluss nicht erreicht. Damian war müde und gereizt. Das war er allerdings schon die ganze Zeit über. Er kam Anya wie ein kleiner Igel vor, der seine Stacheln nach außen kehrte. Sie zeigte ihm einen großen Regenwurm, den sie entdeckt hatte, um ihn aufzumuntern, aber das machte ihn nur noch grimmiger.

Auch Anya war längst aufgefallen, dass sie eigentlich schon viel zu weit gegangen waren. Vor ihnen erstreckte sich ein beinahe endlos wirkender Wald, ein Meer aus Bäumen und grünem Laub. Vom Fluss hingegen war nirgends auch nur eine Spur.

„Herr Greene hat gesagt, wir müssen einfach nur dem Wegweiser folgen und immer geradeaus gehen, dann an der ersten Weggabelung links und das war´s. Er meinte, der Weg sei so einfach, dass man keine Karte braucht, also wieso sind wir immer noch nicht da?", schimpfte Damian vor sich hin. Dann wurde er urplötzlich kreidebleich.

„Sag mal, kann es sein, dass du nicht weißt, wo links und rechts ist?"

„Klar weiß ich das."

„Dann heb mal die linke Hand."

„Jepp."

Anya riss den rechten Arm in die Höhe.

„Von wegen du weißt das!", schrie Damian sie an und hielt sich den Kopf.

„Das ist falsch! Das ist der rechte Arm, du Hohlrübe!"

Jetzt begriff auch Anya, dass sie vor lauter Eifer rechts und links verwechselt hatte und sie in die falsche Richtung gelaufen waren. Sie konnte spüren, wie das Blut langsam aus ihrem Kopf wich. Und so standen sie für einen Moment mucksmäuschenstill auf der Anhöhe des Berges und das Einzige, was zu vernehmen war, war das unheimliche Rufen eines fremden Vogels:

„Buhuuu. Buhuuu."

Es war ein seltsam unangenehmer Klang und die beiden begannen, ängstlich zu zittern.

„Haben wir uns verlaufen?", fragte Anya verängstigt.

„Na, und ob, und du bist schuld", murmelte Damian als Antwort.

Dann schwiegen sie wieder. Aus dem Dickicht ganz in ihrer Nähe hörten sie ein leises Rascheln.

„Uwah?!"

„Was?!"

Vor Schreck ganz steif, starrten sie mit geweiteten Augen in die Richtung, aus der das Geräusch kam. Dann sahen sie ein kleines, niedliches Eichhörnchen mit buschigem Schwanz aus dem Dickicht hervorkommen, die Backen vollgestopft mit Nüssen.

„Ein Eichhörnchen!"

„Was denn? Nur ein Eichhörnchen? Erschreck mich doch nicht so."

Anya war hin und weg und Damian atmete erleichtert auf.

„Los, lass uns zurückgehen", sagte Damian.

„So weit sind wir zum Glück noch nicht gekommen, lass uns einfach denselben Weg zurück ins Camp nehmen."

„Ja!", stimmte Anya zu. Anscheinend hatte sich Damian endlich wieder beruhigt. Ihr fiel wieder ein, dass Yor ihr eine Technik beigebracht hatte, mit deren Hilfe man sich unmöglich verlaufen konnte, und die hatte sie zum Glück auch benutzt.

„Das geht ruckzuck. Ich hab überall auf dem Weg Markierungen hinterlassen."

„Cool! Toll gemacht!", lobte sie Damian und Ayna strahlte über das ganze Gesicht.

„Bin ich nicht toll? Ich bin ein Genie!"

„Nö, du bist überhaupt erst schuld daran, dass wir uns verlaufen haben. Also, was sind das für Hinweise?"

Anya grinste verwegen und steckte die Hand in die Tasche ihrer Sportjacke.

Dann zog sie eine Hand voll Erdnüsse heraus, die sie eigentlich als Snack für sich mitgenommen hatte, und grinste überlegen.

„Die sind nicht nur ein toller Snack, sondern auch als Wegweiser gut zu gebrauchen."

Damian starrte sie fassungslos an.

Nanu? Warum sagt er gar nichts?

Wäre das jetzt nicht eigentlich der Zeitpunkt gewesen, sie unter Tränen zu loben? *„Du bist so toll, Anya. Die sind wirklich sehr nützlich, weil man sie essen und als Wegweiser benutzen kann."* Aber nichts davon.

„Was ist, Nummer Zwei? Hast du jetzt Hunger wegen der Erdnüsse?"

„Das da … das sind ja …"

Damians Stimme bebte und seine Augen wandten sich dem Eichhörnchen zu. Anya folgte seinem Blick und sah, wie das Eichhörnchen mit wackelndem Schwanz umherlief, sich von Nuss zu Nuss bewegte, sie in die kleinen Pfoten nahm und mit seinen langen Vorderzähnen knackend die Schale zerbiss. Es sah so niedlich aus, wie es dort saß und kaute, aber …

„Uwaaaah!", schrie Anya schockiert.

Das Eichhörnchen erschrak, ließ seine Nuss fallen und lief davon. Von den Erdnüssen, die Anya auf dem Weg hatte fallen lassen, war nichts mehr übrig. Anscheinend war das Eichhörnchen den beiden den gesamten Weg über gefolgt. Somit gab es für sie auch keine Hinweise mehr, in welcher Richtung das Lager lag.

„Und was machen wir jetzt?“, brüllte Damian.

„Deine Wegweiser sind alle aufgefressen worden! Warum nimmst du auch ausgerechnet Erdnüsse? Jeder andere hätte was genommen, was nicht gleichzeitig als Futter für Vögel und kleine Tiere dient! Du Hirni!“

„Bu… Buhu …“

Dicke Tränen quollen Anya aus den Augen und sie begann, schluchzend zu weinen. Das konnte Damian schlecht ertragen. Missmutig verzog er das Gesicht, doch seine Stimme wurde wieder weich.

„Sch… Schon gut. So kompliziert war der Weg nun auch nicht. Wir müssen uns einfach nur daran erinnern, woher wir gekommen sind, dann wird das schon. Na los, gehen wir.“

Anya nickte mit tränennassen Wangen, doch da bemerkte sie, dass noch etwas anderes Nasses über ihre Wangen lief.

War das Wasser? Sie blickte nach oben und sah in einen von pechschwarzen Wolken verhangenen Himmel. Auch die gesamte Umgebung war mit einem Mal in ein dunkleres Licht getaucht.

„Mist … Jetzt fängt es auch noch an zu regnen!"

Damian fluchte innerlich über die ersten Regentropfen, deren Aufprall auf die Erde einen hohlen Klang erzeugten. Einige Augenblicke später goss es bereits wie aus Eimern. Es fühlte sich auch gar nicht mehr nach Regen an, sondern es pikste, so als würden kleine Kieselsteine vom Himmel herabfallen. Über Anyas und Damians Stirn ergossen sich Sturzbäche, die ihnen die Sicht nahmen.

„Abababa …"

Anya geriet in Panik

„Hey, reiß dich zusammen", stieß Damian hervor und zog sie am Arm.

„Ich glaube, auf dem Weg hierher hab ich eine kleine Höhle gesehen. Da gehen wir erst mal hin."

„Wie? A… Uwah?!"

Damian wartete nicht erst lange auf Anyas Antwort. Er nahm sie bei der Hand und rannte los.

Beinahe wären sie ausgerutscht, aber sie fanden wieder Tritt und kamen schließlich bei einer Höhle an, die sich, wie Anya feststellte, entlang einer Klippe erstreckte.

◉

„Hier können wir uns erst mal vor dem Regen verstecken. Sobald es nachlässt, machen wir uns auf den Rückweg."

„Okidoki".

Anya war ganz erschöpft. Mit durchnässten Haaren und Sportanzügen saßen beide in der engen Höhle nebeneinander. Anya drückte probeweise den Stoff ihrer Sachen zusammen und wie aus einem Schwamm kam ein Rinnsal Wasser heraus. Auch ihre Schuhe fühlten sich schwer und vollgesogen an.

„Ich bin nass bis auf die Knochen."

„Ich auch. Aber es dauert bestimmt nicht mehr lange."

Seit Damian mit ihr geschimpft hatte, dass nur sie schuld an dem ganzen Schlamassel sei, war Anya ganz kleinlaut geworden. Es kam ihr so vor, als würde es um sie herum immer dunkler und als würde es nie wieder aufhören zu regnen.

Hier in der Höhle konnten die beiden zumindest erst einmal verschnaufen und saßen im Trockenen, aber dort draußen fielen die Regentropfen wie Geschosse vom Himmel und nach einer Weile wurden die beiden immer unruhiger.

Und was, wenn wir beide hier sterben?

Dieser plötzliche Gedanke machte Anya Angst und sie rückte näher an Damian heran.

„Drück nicht so."

Damians Zurückweisung machte alles nur noch schlimmer.

Wenn doch nur Papa hier wäre …

Oder Mama. Die würde sie fest in die Arme schließen. Bond würde ihr die Wangen ablecken …

Aber hier ist nur die blöde Nummer Zwei. Ich hab so ein Pech.

Plötzlich zerriss ein gleißender Blitz die Dunkelheit und vor Anyas Augen wurde alles weiß.

„Aaah", schrie sie und machte sich klein.

„D… Da war gerade etwas."

„War das etwa …"

Damians Gesicht zuckte. Im nächsten Moment erklang ein ohrenbetäubendes Donnern, dass es nur so toste, und der Himmel erstrahlte erneut in einem gleißenden Licht.

„Oh Mann … wie viel Pech kann man haben?"

Damian biss sich wehleidig auf die Lippe. Das nächste Donnern war noch viel lauter. Irgendwo schien der Blitz in einen Baum gefahren zu sein. Es gab ein lautes Krachen und die Erde zitterte unter dem plötzlichen Aufprall. Anya und Damian bekamen Gänsehaut.

„Bu… Buhu … Hiirghs."

Anya wurde vor lauter Furcht ganz steif und konnte das Weinen nicht länger unterdrücken.

„Papa … Hilfe … Ich hab Angst … Der Donner … macht mir Angst."

Fest umklammerte sie ihre Knie. Da spürte sie plötzlich, wie sich etwas vorsichtig über ihre Hand schob und sie fest drückte.

»D… Du musst keine Angst haben", sagte Damian und seine Stimme überschlug sich dabei. Anya bemerkte, dass seine Hand mindestens genauso stark zitterte wie ihre.

„Der Blitz schlägt immer in den höchsten Punkt ein … Hier gibt es viele hohe Bäume … D… Du musst also keine Angst haben."

Tränenüberströmt sah Anya zu Damian hinüber.

Sein Gesicht hatte die Farbe weißen Papiers angenommen. Und wenn sie genau hinsah, waren dort nicht etwa Tränen in seinen Augenwinkeln?

Wenn jetzt der Blitz hier einschlägt … Vater … Ich hab Angst … Ach was … Ich bin der zweite Sohn der berühmten Desmond-Familie … Ich kann es mir nicht erlauben loszuheulen … Wenn ich nicht mal ein Mädchen beschützen kann, das wäre so oberpeinlich … Aber ich hab trotzdem Angst … Mann, das geht nicht … Reiß dich zusammen … Keine Angst haben … Ich darf meinem Vater keine Schande machen …

Nummer Zwei hat also auch Angst vor Gewittern, dachte Anya.

Dass er trotzdem mit ganzer Kraft versuchte, sich zusammenzureißen und sie zu beschützen, erleichterte ihr zittriges, ängstliches Herz ein wenig. Fest drückte sie Damians rechte Hand, woraufhin er einen Moment lang überrascht zu ihr hinübersah. Doch gleich darauf wandte er den Blick wieder ab. Seine Hand zitterte jetzt aber nicht mehr.

Sie fühlt sich schön warm an.

„Ich hab Hunger, weißt du?“, murmelte er.

„Ich hab Erdnüsse dabei.“

„Kein Interesse."

„Ich möchte Potofo essen."

„Sag das nicht. Sonst kriege ich nur noch mehr Hunger."

„Becky macht sich bestimmt Sorgen."

„Die anderen heulen bestimmt."

„Ich wette, Herr Henderson ist richtig sauer."

„Ja … Vielleicht kriegen wir einen Tonitrus."

Flüsternd drang das Gemurmel ihrer leisen Unterhaltung durch das Dunkel der Höhle, während draußen der Regen prasselte und Blitze die Wolken durchschnitten. Die Wärme, die aus der Hand des jeweils anderen in ihre kleinen Körper strömte, ließ sie vergessen, dass sie vom Regen ganz durchnässt waren. Selbst die Tränen auf Anyas Wangen waren getrocknet …

◉

„Desmond! Forger!"

Nachdem das Gewitter endlich doch noch aufgehört, der Regen nachgelassen und die beiden die Höhle verlassen hatten, dauerte es nicht lange, bis Herr Henderson und Herr

Greene ganz außer Atem angelaufen kamen.

„Wie ich sehe, seid ihr wohlauf“, rief Herr Greene schon von Weitem mit gelassener Miene und hob einen Arm in die Luft.

Herr Henderson dagegen starrte wie ein ausgehungerter, wütender Löwe.

„Wie oft haben wir euch davor gewarnt, euch nicht für irgendwelche Spaziergänge von der Gruppe zu entfernen, Desmond und Forger? Sämtliche Lehrer haben sich aufgeteilt, nur um nach euch zu suchen“, schimpfte er.

„Sturzregen und Gewitter in den Bergen darf man nie unterschätzen. Wer weiß, was euch alles hätte zustoßen können, hätte Herr Greene euch nicht dank seiner Erfahrung im Fährtenlesen aufgespürt.“

„Tja, Personenverfolgung gehört seit meiner Zeit bei der Marine zu meinem Handwerkszeug. Aber der Regen hat fast all eure Spuren fortgeschwemmt. Es ist schon ein Wunder, dass wir euch so schnell gefunden haben, wisst ihr? Ihr solltet euch glücklich schätzen“, erklärte Herr Greene schelmisch.

Herr Henderson ermahnte seinen Kollegen mit einem vernehmbaren Räuspern. „Natürlich haben auch wir unsere Aufsichtspflicht vernachlässigt.

Wir hätten auch auf dem Weg zum Fluss eine Aufsichtsperson platzieren sollen", sagte er entschuldigend. „Und jetzt nichts wie ab mit euch ins Lager und trocknet euch ab. Ich werde euch später noch eine Predigt halten und mir bis dahin eine entsprechende Strafe überlegen." Sprach´s und machte auf dem Absatz kehrt.

„Aber Herr Lehrer, also ... Ähm, so war das nicht!"

Anya hatte nervös nach dem Saum seines Jacketts gegriffen.

„Fräulein Forger?"

„Es tut mir leid. Ich bin ausgerutscht und dann haben wir uns verlaufen. Nummer Zwei ist nicht schuld. Nur ich sollte Schimpfe bekommen. Bitte."

Sie verbeugte sich tief.

„Jetzt mach dich nicht so wichtig, du Winzling", sagte Damian und trat neben sie.

„Es stimmt, dass ich nachlässig war, ich bin genauso verantwortlich."

Er blickte Herrn Henderson und Herrn Greene fest an.

„Es tut mir wirklich leid, dass wir Ihnen Sorgen gemacht haben." Dann senkte er sein Haupt.

„Nummer Zwei?"

Anya starrte ihn von der Seite an.

„Hrmpf … Ich bin ein Desmond, wäre ja noch schöner, mich von einer wie dir in Schutz nehmen zu lassen“, murmelte er. Doch dabei wurde er rot bis in den Nacken.

„Und was machen wir nun, Herr Henderson?“

Herr Greene sah seinen Kollegen amüsiert an.

Einen Moment lang schwieg Herr Henderson. Dann entspannten sich seine Gesichtszüge.

„Vielleicht haben meine Worte von eben ja bereits ihren Zweck erfüllt. Als Strafe werdet ihr zwei heute Abend bei den Vorbereitungen für den Astronomie-Unterricht helfen. Aber jetzt geht erst mal heiß duschen und dann zieht ihr euch was Warmes an.“

Mit einer eleganten Drehung wandte er sich zum Gehen. Doch Anya konnte nicht umhin, die Gedanken ihres alten Lehrers im Weggehen zu lesen.

Für die Störung der Ordnung innerhalb der Gruppe und die Gefährdung des eigenen Lebens durch eigene Nachlässigkeit sollte es eigentlich eine Strafe geben. Doch dass sich die beiden gegenseitig in Schutz genommen haben, war wirklich very elegant.

Seine Gedanken spiegelten einerseits seine Strenge, andererseits die weichherzige Freude darüber, seine Schüler charakterlich reifen zu sehen.

Vorsichtig fragte Anya:

„Bekommen wir jetzt einen Tonitrus?"

„Was den heutigen Vorfall angeht, bleibt es bei der angekündigten Strafe. Einen Tonitrus zu vergeben, wird nicht nötig sein. Das ist alles."

Zum Glück kein Tadel.

Anya atmete erleichtert auf und schaute zu Damian hinüber. Auch er hatte sich wieder gefasst und war zurück in seiner alten Rolle.

„Was gibt es da zu grinsen?", schimpfte er grantig.

„Wegen dir muss ich heute Abend noch einen Strafdienst schieben. Du bist echt ein Plagegeist."

„..."

Und weil Damian wieder ganz der Alte war, vergaß auch Anya schnell wieder, wie dankbar sie ihm noch vor wenigen Minuten gewesen war.

„Ich kann dich doch nicht ausstehen."

„Was soll das denn jetzt?!"

„Gib mir mein Gefühl der Dankbarkeit zurück!"

„Ich geb dir gleich was, aber was anderes, du Nervbeule!"

„Blödwanze."

„He, wie lange wollt ihr noch streiten? Soll das noch lange dauern?", meinte Herr Greene mit resignierter Stimme. Stirnrunzelnd entwich ihm ein Seufzen.

„Alle warten mit dem Essen auf euch und machen sich Sorgen. Los jetzt, damit sie wissen, dass es euch gut geht und sie endlich durchatmen können."

Seine Worte waren nicht besonders scharf gewesen, aber sie zeigten augenblicklich Wirkung. Die beiden verstummten, worauf Herr Greene mit einem Lächeln in den Himmel schaute.

„Seht mal, ihr zwei. Der Regen hat euch ein Geschenk dagelassen."

„?"

„Wow …"

Als sie ihre Köpfe hoben und nach oben sahen, hellten sich ihre Gesichter auf. Der Himmel war so strahlend blau, als hätte der Regen ihn gewaschen. Und mittendrin prangte ein beeindruckender, schöner, großer Regenbogen.

Als Anya wieder zu Hause ankam und aus dem Bus stieg, lief sie erst einmal die Straße vor ihrer Wohnung auf und ab.

Letztendlich ist der Plan fehlgeschlagen.

„Woff!“

Ein flauschiges Knäuel kam angeflogen und stürzte sich bellend auf sie.

„Wah! Bond?“

„Woff.“

Bond freute sich so sehr über Anyas Rückkehr, dass er sie vor lauter Überraschung beinahe umgeworfen hätte. Er wedelte wild mit dem Schwanz und leckte ihr über die Wange. Seine feuchte Zunge kitzelte sie.

„Anya? Du bist wieder zu Hause?

„!“

Gleich hinter Bond kam Loid angelaufen und ihre Blicke trafen sich. Anscheinend hatte Bond, als er mit Loid vom Spazierengehen zurückkam, Anya entdeckt und sich von der Leine losgerissen.

„Willkommen daheim. Du bist früher dran, als ich dachte.“

„Bin wieder da-ha."

Mit einem Lächeln wich sie seinem Blick aus.

Loid hob die Augenbrauen.

„Was ist denn? Bist du nicht gut drauf?"

„Die Welt geht unter."

„Die Welt?"

„Ich bin eine schlechte Camperin."

Anya ließ enttäuscht die Schultern hängen.

„Ein Eichhörnchen hat meine Wegweiser gefressen. Und außerdem hab ich links und rechts verwechselt."

Loid verstand nur Bahnhof und starrte sie irritiert an.

„Ach so? Dann hat es dir gar nicht Spaß gemacht?"

Anya ließ die letzten beiden Tage noch einmal kurz in ihrem Kopf Revue passieren. Sie hatte viele unbekannte Bäume, Blumen, Vögel und Insekten gesehen. Nach dem Wolkenguss hatte sie einen herrlichen Regenbogen bestaunen dürfen. Und sie erinnerte sich an den Pot-au-feu, den sie zusammen gegessen hatten. Und dann die funkelnden Sterne. Natürlich hatte sie auch nicht die Nacht im weißen Zelt vergessen, wo sie mit Becky Snacks gegessen und gequasselt hatte. Genauso wenig wie die Wärme, die sie in ihrer linken Hand gespürt hatte …

„Doch, es war toll“, platzte es aus ihr heraus.

„Ach so“, meinte Loid und lächelte fröhlich.

„Das ist doch schön.“

Mit einem Schlag hatten sich die Wolken in Anyas Herz verzogen.

„Na los, gehen wir schnell rein. Yor wartet schon darauf, dass du zurückkommst.“

„Jepp.“

„Sie steht schon den ganzen Morgen in der Küche und kocht und backt für dich. Frikadellen oder Kuchen oder so.“

„J… Jepp“, überschlug sich ihre Stimme bei dem Gedanken an Yors Hausmannskost, die mitunter eine tödliche Waffe sein konnte.

Was jetzt? Vielleicht ist das mein letztes Abendmahl!

Aber weil Yor das alles nun schon extra für Anya gekocht hatte, musste sie natürlich auch davon essen. Loid musste lachen, als er sah, wie sich Anya mental auf ihren bevorstehenden Nahtod gefasst machte.

„Keine Angst. Ich hab mitgeholfen. Eigentlich hab ich sogar den Großteil gekocht. Yor hat ihren Eintopf gemacht, den du so gerne magst.“

„Juhu!"

Jetzt konnte auch Anya sich aus tiefstem Herzen freuen. Und mit der Erleichterung kam auch der Hunger.

Ich will schnell Mamas Eintopf und Papas Frikadellen essen. Und ich will mit Bond fernsehen.

„Komm mit, Bond."

„Woff!"

„Papa, schnell! Ich hab Hunger!"

„Dich kann man immer für bare Münze nehmen, was?"

Bond hinter sich herziehend und den verschmitzt lächelnden Loid zur Eile anhaltend, stürmte Anya in die Wohnung, wo Yors willkommen heißende Arme sie in Empfang nehmen würden.

NOVEL MISSION : 2

„Einen wunderschönen guten Tag, Herr Bermann. Na, wie geht es uns heute?“, fragte Yuri Briar. Mit seinen zwanzig Jahren war er einer der jüngsten Beamten in Diensten des Außenministeriums, für das er die unterschiedlichsten Länder bereiste. Das kam daher, dass er schon als Kind beide Eltern verloren und alles darangesetzt hatte, das Leben für seine Schwester, seiner einzig verbliebenen Verwandten, so unbeschwert wie möglich zu gestalten und ihr keine Sorgen zu machen. Als Folge seiner Bemühungen hatte er mehrere Klassen übersprungen und war jetzt, denn seine Arbeit für das Außenministerium war eigentlich nur eine Fassade, ein Leutnant der Staatsbehörde für Sicherheit, abgekürzt SBS.

„Verzeihen Sie meine Offenheit, aber kann es sein, dass es in diesem Zimmer furchtbar stinkt? Ich habe den ganzen Vormittag gelüftet, aber der ekelhafte Gestank von Landesverrat will einfach nicht verschwinden. Was meinen Sie, woher das nur kommt, Herr Bermann?“

Als Yuri mit einem zufriedenen Lächeln aus dem Verhörzimmer trat, wurde er von seinem Vorgesetzten abgefangen.

„Yuri, wie lange hast du jetzt schon nicht mehr geschlafen?"

„Keine Sorge, Herr Oberleutnant. Ich hab vor drei Tagen ein Nickerchen gemacht", gab der junge Agent zurück.

Mit seiner hochgewachsenen, schlanken Statur und den kindlichen Gesichtszügen wirkte die Uniform der SBS an ihm eher wie eine Schul- statt eine Dienstuniform.

„Ich will so hart arbeiten, wie ich kann, um dieses Land für meine Schwester zu einem sicheren Ort zu machen", grinste er wie ein unreifer Teenager.

Der Oberleutnant wusste genau, dass hinter seiner nach außen harmlos wirkenden Fassade mehr steckte. Dieser Knabe hatte soeben den Politiker und Landesverräter Thomas Bermann zum Reden gebracht, eine harte Nuss, die niemand außer ihm hatte knacken können. Der junge Kamerad konnte äußerst heißblütig werden, davon zeugten die feuchten Handschuhe, die vermutlich mit dem Blut jenes Volksverräters getränkt waren.

„Hör zu, ich will, dass du dir morgen freinimmst. Es ist ohnehin ein Feiertag“, sagte der Oberleutnant.

„Aber ich bin vollkommen in Ordnung. Ich bin topfit!“

„Das ist ein Befehl.“

„Häää?“, rief Yuri unzufrieden über die Anweisung seines Vorgesetzten.

„Dafür haben wir doch überhaupt keine Zeit. Wir sollten so schnell wie möglich Twilight schnappen und dieser westalischen Bedrohung ein für alle Mal ein Ende bereiten!“

Er ist wie ein Hund, dachte der Oberleutnant. Yuri konnte zügellos und bissig sein, für seine eigenen Leuten war er jedoch ein folgsamer, eifriger Kamerad. Vor allem aber war er seinem Herrchen – dem Staat – treu ergeben. Obwohl …

Zur Wahrheit gehörte auch, dass Yuri jedem Land die bedingungslose Treue gehalten hätte, solange seine Schwester darin wohnte. Sie war der Grund, warum er seine strahlende Zukunft im Außenministerium zugunsten der Drecksarbeit in der SBS aufgegeben hatte, und das obwohl der Außendienst für die meisten Schüler ein unerreichbarer Traum war und keine Laufbahn, die man ohne große Hürden zu überwinden einfach so einschlagen konnte.

Große Opfer mussten dafür gebracht werden. Nichtsdestotrotz hatte Yuri Briar sich schließlich für eine Arbeit entschieden, bei der er sich tagtäglich an ruhmlosen Orten die Finger schmutzig machen musste.

Der Oberleutnant fragte sich, was seine Schwester wohl davon halten würde, wenn sie erführe, was ihr kleiner Bruder, den sie allein großgezogen hatte, den lieben langen Tag trieb. Er konnte nur mutmaßen, aber es gab sicher gute Gründe, warum Yuri diese Sache vor ihr geheim hielt. Dennoch vergaß er den Gedanken sogleich wieder. In seiner Branche zählten nur Fakten und Fakt war, dass für Yuri Briar allein das Glück seiner Schwester von Bedeutung war. Dafür lebte er.

Meine Güte. Dabei ist er so ein tüchtiger Kerl.

Yuris Vorgesetzter war nicht so töricht, sich emotional mitreißen zu lassen. Er behielt den Knaben stets im Auge, auch damit sein so überaus fähiger Untergebener sich nicht am Ende noch selbst verheizte.

„Ausreichend Ruhe ist wichtig, ansonsten können wir unserer Pflicht nicht mit ganzer Kraft nachkommen. Hörst du? Morgen nimmst du dir frei. Aber vorher wirst du noch alle Aufgaben auf deinem Schreibtisch abarbeiten."

„Wenn ich etwas einwenden dürfte …“, erwiderte Yuri.

„Hier geht es um das Wohl deines Landes! Um das Wohl deiner Schwester!“

„Zu Befehl!“

Das Argument mit der Schwester hatte Yuri weich gemacht. Trotzig gab sich der kaltblütige Geheimpolizist der Situation geschlagen.

◉

„Oje. Jetzt habe ich auf einmal frei, was soll ich denn bloß mit meiner Zeit anfangen?“

Yuri wälzte sich zu Hause auf seinem Bett hin und her und überlegte, was er mit dem angebrochenen Morgen anstellen sollte. Von seinem Bett aus konnte er in den strahlend blauen, wolkenlosen Himmel vor dem Fenster blicken.

Stimmt eigentlich. Dominic und Camilla haben erzählt, sie wollen verreisen. Ich würde auch gerne mal wieder etwas mit meiner Schwester zusammen unternehmen, das ist schon ewig her … Wir könnten doch etwas Leckeres essen gehen.

In seine Gedanken erschien das Bild seiner geliebten Schwester, die ihn aufmunternd anlächelte. In Yuris Gesicht machte sich ebenfalls ein Lächeln breit.

„Wenn heute Feiertag ist, hat das Rathaus doch auch geschlossen, oder?"

Er sah zum Kalender hinüber und sein Blick blieb bei dem gerahmten Foto auf der kleinen Kommode hängen, von wo aus Yor ihn mit einem Lächeln anblickte. Ihre Schönheit war wahrlich nur mit der einer Göttin zu vergleichen.

Wenn Yor frei hat, könnten wir uns ja vielleicht treffen … Ich habe sie schon mindestens zwei Wochen lang nicht gesehen … Moment mal, haben an den Feiertagen etwa auch die Mitarbeiter im Krankenhaus frei?

Aber das würde ja bedeuten, dass der nervige Loidie auch zu Hause sein würde. Yuri ärgerte sich furchtbar darüber, dass Loid Forger, der im Allgemeinen Krankenhaus von Berlint beschäftigt war, seine Schwester geheiratet hatte. Er war schlicht nicht dazu bereit, ihn als Yors Ehemann zu akzeptieren. Dieser dahergelaufene, hochgewachsene Arzt mit seinem hübschen Gesicht und der freundlichen, rücksichtsvollen Art.

Der war doch in Wahrheit nichts anderes als ein hinterlistiger Dieb, der ihm seine kostbare Schwester geraubt hatte.

So ein Mist. Warum muss der auch frei haben? Er soll gefälligst auch an den Sonn- und Feiertagen schuften gehen! Am besten wäre es, er arbeitet sich gleich zu Tode!

Innerlich wurde Yuri immer bitterer und er bereute schon, dass er sich Loid gegenüber so freundlich zugewandt gegeben hatte, aber bevor ihm die Wut zu Kopf steigen konnte, klingelte das Telefon.

„Wer mag das so früh am Tag sein?", grummelte Yuri und schnalzte beim Aufstehen mit der Zunge.

„Ja? Hier Briar?"

Auf seine missgelaunte Begrüßung antwortete ihm der wundervolle Klang eines Engels.

„Hallo, Yuri? Ich bin es. Yor."

„Y… Y… Y… Y… Yor?!"

Yuris Stimme klang auf einen Schlag eine Oktave höher.

„Tut mir leid, dass ich dich so früh störe. Musst du gleich zur Arbeit?"

„Nein, ich habe heute frei", antworte Yuri träge.

„Wirklich?“ Yor klang hocherfreut.

„J… Ja … Schwester. Keine Dienstreise, keine Aufträge heute, einfach frei.“

„Das ist ja toll.“

Yors Stimme klang ehrlich erfreut, sodass Yuris Herz einen Hopser machte.

Sie freut sich, dass ich heute frei habe. Bestimmt will sie mich auch treffen … Hach, Herr Oberleutnant, vielen Dank!

War er vor wenigen Augenblicken noch missmutig wegen seines Zwangsurlaubs gewesen, hätte er seinem Vorgesetzten nun am liebsten zum Dank einen Strauß Blumen geschickt.

„Das ist ja toll. Loid muss heute arbeiten und ist nicht zu Hause, weißt du?“

Nach dieser Ankündigung fühlte sich Yuris Herz vollends losgelöst, so wie der strahlend blaue Himmel vor dem Fenster.

„Es gab wohl einen Notfall und er musste plötzlich los …“

„Verstehe. Loidie muss also heute arbeiten. Das ist doch toll. Ähm, ich meine: Ist ja schade, Schwester.“

„He, du sollst ihn nicht so nennen. Loid ist älter als du, er könnte dein großer Bruder sein. Sei ein bisschen respektvoller, wenn du über ihn redest, in Ordnung?“, tadelte ihn Yor.

„In Ordnung, Schwester“, erwiderte Yuri folgsam, aber er hatte keinerlei Absicht, diesen Kerl höflich anzusprechen. Und ganz sicher würde er ihn nicht als Bruder betrachten.

Nie im Leben akzeptiere ich den als meinen Schwager. Ich lehne das ab. Nur über meine Leiche, Forger.

Während er innerlich vergiftete Pfeile auf Loid schoss, fragte Yor am Telefon:

„Deshalb wollte ich dich um etwas bitten, Yuri. Kannst du vielleicht heute herkommen?“

„Aber natürlich, Schwester! Ich bin schon auf dem Weg!“

Ohne sich umzuziehen, stürmte Yuri aus der Wohnung und machte sich auf den Weg zu Yors Wohnung. Seine Schritte fühlten sich dabei leicht und unbeschwert an.

◉

„Da bin ich, Yor. Wie kann ich dir helfen? Keine falsche Zurückhaltung! Soll ich etwas für dich vom Regal holen? Oder etwas Schweres tragen? Oder brauchst du etwa einen Bürgen für die Scheidungspapiere? Was kann ich für dich tun?“

Mit einem breiten Lächeln stieß Yuri die Tür zur Wohnung der Forgers auf. Yor erwartete ihn bereits.

„Yuri, da bist du ja! Danke, dass du gekommen bist."

Sie lächelte ihn an. Yuris Körper fühlte sich plötzlich an wie betäubt.

Hach, Yor. Du siehst so süß und gepflegt aus, wie immer. Ich habe die schönste und liebste Schwester auf der ganzen Welt, ich bin so ein Glückspilz.

Yuris Glück wurde jedoch jäh gestört, als sich hinter Yor ein kleines Lebewesen bemerkbar machte.

„Hallo, Onkel."

„Hrmpf, Chihuahua."

Anya Forger. Das von diesem Schwesterndieb in die Ehe mitgebrachte Kuckuckskind. Ein Einfaltspinsel wie aus dem Bilderbuch. Als er ihr einmal beizubringen versucht hatte, dass „Wissen Macht" ist, hatte sie ihn missverstanden und „Wissen ist Kraft" gehört. Dabei musste sie wohl an einen Chihuahua denken. Aber zumindest hatte sie eine gesunde Lebenseinstellung zur Schau gestellt, denn um Yor zu gefallen, wollte sie eine gute Schülerin werden, damit sie ihr später einmal leckeres Essen kaufen könnte.

Trotzdem! Sie war immer noch die Tochter dieses Loid Forgers! Er würde sich von diesem Mädchen nicht um den Finger wickeln lassen!

„Nenn mich nicht Onkel, klar? Und? Wie läuft es in der Schule?"

„Heute ist frei."

„Natürlich ist heute frei."

Natürlich hatten die Schulen an einem Feiertag geschlossen, dass er das nicht bedacht hatte, ärgerte ihn.

Na ja, was solls, zumindest ist Loidie nicht hier. Ich kann sie ja vor dem Fernseher parken und sie soll sich Trickfilme anschauen. Ach, Yor. Liebste Schwester! Für dich würde ich wirklich alles tun. Hach. Schwester, Schwester, Schwester, Schweeeeester!

„Börps …"

Anya, die ihn bis eben noch wie versteinert angesehen hatte, musste plötzlich aufstoßen.

„Hast du etwa Sodbrennen?", fragte er.

„Ich bin satt."

Das Kind ist doch verdächtig. Wieso futtert die so viel zum Frühstück? Andererseits natürlich verständlich, dass sie sich den Bauch vollschlagen will. Das Essen meiner Schwester ist nun mal einfach köstlich. Es hat einen unbeschreiblichen Geruch und wenn man draufbeißt, kommt ein komischer Saft heraus. Außerdem kann man die Zutaten gut herausschmecken. Manchmal ist sogar ein Stück Schneidbrett drin. Das ist nahrhaft und macht starke Zähne … Ach, bei Yor würde ich sogar selbst gerne Zutat sein und mich mit Freuden zerschnippeln lassen.

Nachdem seine inneren Liebesbezeugungen für seine Schwester endlich abgeklungen waren, wandte er sich wieder den praktischen Fragen zu.

„Und? Was soll ich für dich tun, Schwester? Brauchst du jemanden, der deine Einkäufe nach Hause trägt? Die Lüftungsrohre reinigt? Die Wäsche wäscht?“

„Ähm …“

„Genau. Es ist doch so schönes Wetter heute! Wir könnten die Wohnung umdekorieren. Vielleicht richten wir dir und Loidie getrennte Schlafzimmer ein …“

„Nein, das ist es nicht …“

Angesichts von Yuris gedankenlosem Geplapper hielt sich Yor verlegen die Stirn. Aber selbst darin sah Yuri noch bewundernswerte Grazie.

„Was ist denn, Schwester? Wir sind doch Geschwister, du kannst mir alles sagen“, lächelte ihr Yuri aufmunternd zu.

Endlich rückte Yor mit der Sprache heraus.

„Die Sache ist die, im Rathaus findet heute eine wichtige Veranstaltung statt.“

»Mhm.“

„Eigentlich sollte Millie die Sache organisieren, aber jetzt hat sie sich erkältet und heute Morgen rief sie mich an, ob ich sie nicht vertreten könnte. Aber weil Loid auch dringend zur Arbeit musste und Franky, der uns sonst häufig aushilft, ebenfalls keine Zeit hat …“

Hm? Franky? Wer ist Franky? Den Namen kenne ich gar nicht.

Der Name dieses fremden Mannes ließ ihn kurz zusammenzucken. *Ist das etwa der Babysitter? Was solls, solange er gewissenhaft seine Arbeit macht. Aber wehe, wenn er meiner Schwester schöne Augen macht, dann kann dieser Mistkäfer schon mal sein Testament schreiben,* rumorte es düster in ihm.

„Die Veranstaltung geht einen halben Tag lang und ich kann Anya nicht allein lassen. Yuri, kannst du dich um sie kümmern und mit ihr spielen?“

„Was?“

Angesichts der unerwarteten Wendung, die diese Unterhaltung genommen hatte, erstarrte Yuri. In Gedanken ging er Yors Worte erneut eins nach dem anderen durch und fragte dann ängstlich:

„D… Du meinst, ich soll, solange du weg bist, mit dem Chihua… mit Loid Forgers Tochter Zeit verbringen? Hier in der Wohnung? Ohne dich?"

„Ja. Würdest du das für mich tun?"

Scheppernd zersplitterte Yuris Traum von einem unbeschwerten freien Tag in tausend Scherben.

Das kann doch nicht wahr sein! Ich habe gedacht, ich kann endlich mal einen freien Tag zusammen mit meiner Schwester verbringen, und jetzt muss ich auf den Chihuahua aufpassen? Da würde ich ja lieber in Ruhe und umgeben von Yors Bildern effektive Verhör- und Foltermethoden büffeln.

Yuri spürte, wie alle Hoffnung aus seinem Körper wich, und wäre am liebsten an Ort und Stelle zusammengebrochen. Doch Yor sah ihn mit flehenden, großen Welpenaugen an.

„Ich bitte dich, Yuri. Du wärst meine Rettung."

Darauf konnte er nichts erwidern. Sie war seine unersetzliche Schwester, also blieb ihm wohl nichts anderes übrig.

„Du kannst dich auf mich verlassen, Yor, zu einhundert Prozent!"

Etwas anderes brachte er nicht über Lippen …

◉

Eine halbe Stunde darauf hatte es sich Yuri auf dem Sofa im Wohnzimmer gemütlich gemacht und blätterte zum Schein in einer Zeitschrift.

„Also gut, dann bis später. Ich komme zurück, sobald ich kann, Anya. Sei brav, Bond. Ich bringe euch auch etwas Schönes mit! Und du pass mir gut auf Anya auf, Yuri."

Mit diesen Worten hatte sich Yor verabschiedet, bevor sie das Haus Richtung Rathaus verlassen hatte.

„Onkel, mir ist langweilig."

Anya hatte bis jetzt auf dem Teppich unter dem niedrigen Couchtisch gelegen und in einem Spy-Wars-Buch gelesen. Jetzt zappelte sie ungeduldig mit den Beinen.

Yuri schlug die Zeitschrift zu und setzte sich auf.

„Wie wäre es dann, wenn wir ein bisschen lernen?", fragte er.

„Urgh … lernen?“

Anya sah ihn angewidert an. Dabei war es gar nicht Yuris Absicht gewesen, sie mit dem Vorschlag zu ärgern. Er hatte nur einfach keine Ahnung vom Umgang mit kleinen Kindern und wusste nicht, was ihnen zum Glück fehlte. Er selbst hatte als Kind nichts anderes gekannt, außer zu lernen. Etwas anderes, als schnellstmöglich Karriere zu machen und ein Mann zu werden, der für seine Schwester Sorgen kann, war ihm nie in den Sinn gekommen. Journalist, Anwalt, Arzt, Ingenieur, all diese Berufszweige schienen ihm erstrebenswert und da er sich nicht entscheiden konnte, hatte er einfach alles gelernt. So etwas wie Freizeit hatte er nicht gekannt, doch unzufrieden war er deshalb nie gewesen. Im Gegenteil, er war stolz darauf, dass ihm heute das Wissen, das er sich damals angeeignet hatte, als Fundament für seine aktuelle Rolle diente.

„Verrat mir mal, in welchem Fach du schwach bist. Dann kann ich dir vielleicht ein paar Tipps geben.“

„I… Ich hab keine schwachen Fächer. Ich bin überall gut.“

„Lüg mir nicht frech ins Gesicht. Dann eben alle Fächer.“

Anya stöhnte auf wie eine Kröte: „Örghs.“

Und dieses Kind geht allen Ernstes auf die Eden-Akademie? Sicher macht sie meiner Schwester nichts als Ärger … Yor tut mir so leid. Warum musste sie ausgerechnet einen Typen heiraten, der dazu noch ein Kind an der Backe hat? Moment mal. Was wäre denn, wenn ich ihr so viel beibringe, dass sie danach viel schlauer ist als vorher? Yor würde bestimmt übers ganze Gesicht strahlen wie ein Diamant und sagen: „Du bist so toll, Yuri.“ Vielleicht würde sie mir sogar zur Belohnung einen Kuss geben, so wie damals, als wir Kinder waren … Hach. Schwester, Schwester, Schwester, Schweeester. Ich liebe dich so sehr, Schwester. Nie habe ich eine großartigere Frau als dich gekannt.

Von der Seite spürte er einen kalten Blick auf sich ruhen und er unterdrückte die Gedanken über seine Schwester, die ohnehin gerade außer Kontrolle zu geraten schienen. Anya saß neben ihm und starrte ihn wortlos an. Sie seufzte schwer, als ihre Blicke sich trafen, so als ob sie sagen wollte: Du armer, hoffnungsloser Kerl. Das ärgerte ihn, dennoch räusperte er sich verlegen.

„Na los. Geh auf dein Zimmer und bring deine Hefte,

Schreibsachen und Bücher her."

„Ich hab aber keine Lust aufs Lernen", murrte Anya.

„Ich denke, du langweilst dich, oder?"

„Ja, aber nicht so sehr, dass ich deswegen lernen will."

Dieses Kind war ganz schön schnippisch, dachte Yuri und erwiderte genervt:

„Dann schau eben Fernsehen."

Was für einen Sinn hatte es schon, sie motivieren zu wollen, wenn sie sich partout dagegen sträubte? Was seine Schwester anging, verlor er immer schnell den Verstand, aber davon mal abgesehen war er ansonsten überaus rational.

„Um diese Uhrzeit laufen aber keine Zeichentrickfilme", blaffte Anya. Ach du meine Güte, dachte Yuri, diese Ayna war wirklich alles andere als ein niedliches Kind.

„Wie wäre es dann, du machst ein Nickerchen? Zusammen mit deinem dicken Hund?", fragte Yuri, dem es langsam lästig wurde, und zeigte mit dem Finger auf Bond, der auf dem Teppich lag und schnarchte. Warum sich die Familie ausgerechnet diesen Köter angeschafft hatte, das wusste vermutlich nur Gott. Ein guter Wachhund konnte er jedenfalls nicht sein, so tief, wie er schlief.

„Es muss auch kein Nickerchen bleiben. Du kannst ruhig schlafen, bis meine Schwester zurück ist."

„…"

Unzufrieden starrte Anya ihn an.

„Was denn? Du guckst so, als würdest du mir etwas sagen wollen", stellte Yuri fest.

Doch anstatt darauf zu antworten, rannte Anya aus dem Zimmer. Yuri nahm an, sie schmolle und sei auf ihr Zimmer gegangen, aber kurz darauf kam sie mit einem Heft und einem Bleistift in der Hand zurück. Sie setzte sich neben ihn auf den Teppich und fing an, in ihr Heft zu schreiben. Ab und zu schielte sie zu Yuri hinüber und kicherte vielsagend, bevor sie ihren Stift erneut übers Papier kratzen ließ.

Was schreibt die denn da?

Neugierig linste er zu ihrem Schreibheft hinüber, doch alles, was er sah, war ihre Sauklaue, die unmöglich zu entziffern war.

„Was soll das denn sein?", tadelte er. Anyas Buchstaben wanden sich auf dem Papier wie ziellos umherkriechende Würmer. Damit hätte selbst die Dechiffrierungsabteilung nichts anfangen können, würde es sich um den Code eines feindlichen Staates handeln, dachte Yuri.

„Was ist denn das? Ist das eine Fluch-Schrift oder so? Irgendwas Satanisches? Sieht ja furchtbar aus."

„Das ist mein Tagebuch. Ich zeig es später Mama", sagte Anya und grinste angriffslustig.

Da plötzlich verstand Yuri. Er schnappte sich Anyas Heft und versuchte, ihren Geheimcode zu entziffern. Das Ergebnis, zu dem er gelangte, las sich so: *Heute habe ich frei, aber mein Onkel passt auf mich auf. Leider spielt er überhaupt nicht mit mir, so wie Wuschelkopf. Er hat gesagt, ich soll schlafen wie ein Hund. Der Onkel ist gemein. Ich bin so ein unglückliches Kind.*

„Uwaaaaaah!", entfuhr es Yuri.

Schreiend hielt er sich die Hände an den Kopf und fast wäre er in Ohnmacht gefallen. Das war ja wirklich ein Fluch! Dort standen teuflische Dinge geschrieben!

Wenn meine Schwester das zu lesen bekommt … dann wird sie mich hassen!

„Yuri, das geht jetzt aber wirklich zu weit! Wie kannst du nur! Lass dich hier bloß nicht mehr blicken", schimpfte seine Schwester in seiner Fantasie mit ihm. Zwischen Verzweiflung und Verwirrung hin- und hergerissen, schlug er mehrmals mit dem Kopf auf den Couchtisch.

„Onkel, du bist brutal …“

Angesichts von Yuris seltsamen Verhalten musste Anya laut schlucken.

„Lass uns nach draußen gehen“, sagte Yuri und stand schwankend auf, während ihm etwas Blut von der Stirn troff.

„Aber du blutest.“

„Mach dir deswegen keine Gedanken“, raunzte er Anya von oben herab zu.

„Wir gehen jetzt nach draußen und werden Spaß haben. Na los, zieh dich an, Chihuahua.“

◉

„Ausfluk. Ausfluk.“

„Jetzt zapple doch nicht so. Außerdem heißt das nicht Ausfluk, sondern Ausflug.“

Yuri seufzte erschöpft. Nur weil ihm sein Vorgesetzter befohlen hatte freizunehmen, saß er nun mit der Tochter dieses Schwestern-Räubers in der Straßenbahn und sinnierte über sein Unglück. Womit hatte ein gutherziger Agent wie er, der seinem Land treu ergeben war, so etwas verdient?

Nicht weit von ihnen entfernt saß eine ältere Dame und kniff beim Anblick von Anya, die ausgelassen herumtollte, vergnügt die Augen zusammen.

„Du meine Güte, wie drollig."

Yuri verstand nicht, was genau an Anya drollig sein sollte.

Mist. Daran ist nur diese Arbeitskollegin von Yor schuld, diese Millie. Wieso muss die sich auch ausgerechnet heute erkälten? Moment mal, wer sagt, dass sie wirklich eine Erkältung hat?

Das Timing war doch viel zu perfekt, argwöhnte Yuri. Es war doch gut möglich, dass diese Frau einfach keine Lust hatte, an einem Feiertag zu arbeiten, und deshalb ihren Dienst der jederzeit hilfsbereiten, engelsgleichen und wunderschönen Kollegin aufs Auge gedrückt hatte. Wenn das wahr sein sollte, hätte sie ihr Recht zu leben verwirkt!

Lass gut sein, Yuri, selbst wenn sie so ein furchtbarer Mensch wäre, letztendlich ist sie trotzdem eine geschätzte Kollegin meiner Schwester. Aber dieser Loid Forger, der einfach so arbeiten geht und Yor an einem Feiertag mit seiner Tochter alleine zu Hause lässt, also den müsste man durch die Mangel drehen. Grmpf … Wenn dieser Kerl doch bloß ein Spion wäre, dann könnte ich ihn mir vorknöpfen.

Über all diesen Gedankengängen hatten Yuri und Anya schließlich ihr Ziel erreicht. Mit einem Hopser sprang Anya aus dem Wagen.

„Wohin gehen wir, Onkel? Zum Freizeitpark? Ich will mit dem Riesenrad fahren."

„Also, wenn wir uns schon amüsieren gehen, dann sollte es doch zumindest lehrreich sein, findest du nicht? Wir gehen zum BEIZ", erwiderte er.

„In eine Beiz?", wiederholte Anya. Eine Frau, die gerade an den beiden vorbeiging, musste laut auflachen, als sie das hörte.

Gute Güte, ist das Kind peinlich.

Genervt korrigierte Yuri sie: „Be–I–Zett. Ein Berufs-Informationszentrum. Ein Kollege von mir und seine Frau sind mit ihrem Kind mal dorthin gegangen."

„Was ist das für ein Ort? Ist es da spannend?"

„Das ist ein Ort, an dem Kinder Berufe ausprobieren können, für die sie sich interessieren, damit es ihnen danach leichter fällt, sich für einen zu entscheiden. Anwalt, Richter, Soldat, Arzt, Wissenschaftler oder Ingenieur. Ostania braucht stets talentierten Nachwuchs, und dafür haben wir diese staatlich zertifizierte Unterhaltungseinrichtung."

„Das klingt so kompliziert."

Anya zog die Brauen zusammen und blickte zu Boden.

„Du redest wie ein Alien, Onkel."

„Jedenfalls … du kannst dort spielerisch Berufe ausprobieren und dir dann überlegen, was du später mal arbeiten willst", erklärte er, woraufhin Anyas Augen zu strahlen anfingen. Ihre kleinen Hände, die sie vor die Brust hielt, waren zu entschlossenen Fäusten geballt und sie schnaufte aufgeregt.

„Das klingt spannend."

„Nicht wahr? Also lass uns schnell hingehen."

Yuri wollte schon loseilen, aber als er etwas Weiches an seiner linken Hand spürte, hielt er überrascht inne. Er blickte an sich hinab und sah, dass Anya ihn an die Hand genommen hatte.

„Was soll das werden?"

„Beim Ausfluk nehmen Papa und Mama mich an die Hand. Wuschelkopf auch."

„Wer ist denn eigentlich dieser Wuschelkopf? Den hast du doch vorhin schon mal erwähnt."

Die ganze Sache war Yuri äußerst unangenehm.

Andererseits würde er seiner Schwester nicht mehr unter die Augen treten können, wenn ihm die Kleine abhandenkäme, also war es wohl besser, ihre Hand festzuhalten. Sie fühlte sich warm an und ein bisschen verschwitzt.

Brr. Wie unangenehm … Wäscht sie sich etwa nicht anständig die Hände?, überlegte er und war zugleich überrascht, wie klein ihre Hand in seiner wirkte.

„Wie alt bist du noch mal?"

„Ich bin sechs."

„Ach so."

Vielleicht war Anyas Hand ja auch nur kleiner als die von anderen Kindern in ihrem Alter. Vielleicht auch nicht, was wusste er denn schon über den durchschnittlichen Handumfang von Sechsjährigen.

Da fällt mir ein, dass Yor meine Hand auch immer auf diese Art gehalten hat. Nur dass meine Hände selbstverständlich niemals so klebrig gewesen sind …

„Onkel, wie lange dauert es noch?"

„Ungefähr zehn Minuten."

„Aufregend."

„Sei kein Hanns Guck-in-die-Luft, sondern schau nach vorne."

Damit beschäftig, Anya zu ermahnen, bemerkte Yuri überhaupt nicht, wie sich sein Tempo dem seiner kleinen Begleiterin angepasst hatte.

◉

„Willkommen im BE–I–Z!“

„Hier könnt ihr alles über Berufe erfahren. Ihr könnt Bäcker spielen oder Arzt – was ihr wollt – und dabei rausfinden, was ihr später mal werden wollt, in Ordnung?“

„Viel Spaß bei uns.“

Yuri und Anya passierten die lächelnden Mitarbeiter des BEIZ und staunten. Dieser Ort war viel größer, als sie es erwartet hatten. Vor ihnen erstreckte sich ein regelrechter kleiner Stadtteil nur für Kinder. Alles, was es in einer echten Stadt gab, gab es hier auch, nur kleiner. Hier war eine Feuerwehr, dort ein Krankenhaus. Es gab ein Gericht und eine Bibliothek, eine Post, eine Bank, einen Buchverlag und sogar ein wissenschaftliches Forschungslabor.

Alles war detailgetreu nachempfunden und doch auch irgendwie niedlich. Der Boden war gepflastert und es gab Ampeln und Zebrastreifen. Sogar ein kleiner Bus fuhr herum.

Überall sah man Eltern mit ihren Kindern, wobei die Eltern alle furchtbar erschöpft wirkten. Einige Mütter zogen ihre Füße müde schlurfend über das Pflaster und die Väter ließen ihr Gepäck auf den Miniatur-Bänken ruhen.

„Komm, Papa! Schnell! Komm! Ich will mit dir Mannequin spielen!"

„Hä? Och nö, das ist Papa peinlich, ich mag nicht … Guck doch mal, mein dicker Bauch! Wollen wir nicht lieber Bäcker spielen?"

„Nein, das ist doof! Ich will Mannequin sein!"

Energisch zog das Mädchen, das ein wenig älter als Anya sein mochte, ihren widerwilligen Vater hinter sich her.

Yuri wunderte sich, wofür sich der Mann schämte. Seine Tochter sollte doch den Beruf ausprobieren und nicht er, was spielte sein Bauch denn dabei für eine Rolle, dachte er und runzelte die Stirn. Anya stand unterdessen mit geöffnetem Mund neben ihm und war überwältigt.

„Das ist ja viel größer als bei uns zu Hause. Wie groß ist das hier?"

„Hm? Also, dem Grundriss nach zu urteilen und im Vergleich mit eurer Wohnung …

Ich schätze, dein Zuhause würde gut achtzigmal hier reinpassen, was meinst du?“

„A… Achtzigmal …“, schluckte Anya.

„Und? Was willst du zuerst ausprobieren? Richterin? Wissenschaftlerin? Beamtin? Hast du schon etwas für dich entdeckt?“, fragte Yuri ein paar Berufe ab, während er die Broschüre überflog, die er am Eingang erhalten hatte. Das waren zumindest die Berufe, die ihn damals als Kind interessiert hatten.

„Staatsanwalt oder Strafverteidiger wäre auch nicht schlecht.“

„Ich kann gar nichts sehen, Onkel. Beug dich mal runter“, meckerte Anya und hüpfte auf der Stelle.

„Du hast doch auch so eine Broschüre am Eingang bekommen“, gab Yuri zurück.

„Stimmt ja“, sagte Anya und kramte das gefaltete Stück Papier aus ihrer Tasche.

„Und? Journalistin ist auch spannend. Und mit der ganzen Energie, die du hast, könntest du bestimmt auch Soldatin werden.“

„Ich will dahin gehen.“

Anya zeigte auf einen Punkt in der Broschüre. Yuri beugte sich zu ihr hinunter und erstarrte.

„Ich hab gestern einen Polizeifilm gesehen", erklärte sie.

„..."

„Ich werde Polizistin und dann springe ich von oben auf die Bösewichte, um sie zu besiegen", fantasierte Anya voller Inbrunst und schnaubte dabei durch die Nase.

„Und dann stecke ich sie ins Kittchen und sie müssen eklige Sachen essen."

„Sag so was bloß nicht, wenn meine Schwester dabei ist. In Ordnung?"

Yuri stöhnte. Er bereute es jetzt schon, dass er den Chihuahua an so einen Ort mitgenommen hatte.

◉

„Willkommen bei der Polizeidienststelle. Hier können Sie ausprobieren, wie es ist, bei der Polizei zu arbeiten."

Die junge Frau, die Yuri und Anja lächelnd begrüßte, trug eine Polizeiuniform, so wie die anderen Mitarbeiter an diesem Ort auch.

Strahlend lief ein kleiner Junge mit seinem Vater an ihnen vorbei, der wohl gerade hier gespielt hatte.

„Ich durfte mit einer Pistole schießen! He he he … Und ich hab alles getroffen! Super, oder?“, prahlte der Junge und sah Anya dabei an, während sein Vater ihn zum Gehen anhielt.

„Na los, komm jetzt. Wir gehen. Bitte verzeihen Sie.“

Mit einem Kopfnicken ersuchte er Yuri um Entschuldigung.

„Nicht doch“, erwiderte der.

„Jetzt will ich Arzt sein“, rief der Junge.

Was? Ich hab heute frei, da will ich keinen Arztkittel tragen.“

„Wieso denn nicht? Komm! Schnell!“

„An meinem freien Tag würde ich lieber mal einen anderen Beruf haben.“

Yuri sah den beiden nach, wie sie sich langsam entfernten und sich beim Weggehen miteinander unterhielten. Die Erwachsenen hier vor Ort irritierten ihn. Das Gespräch zwischen dem Mädchen und ihrem Vater von vorhin war auch schon so eigenartig gewesen. Aber Anyas Gemurmel riss ihn aus seinen Gedanken.

„Eine Pistole … wie bei Bondman“, vernahm er ihre aufgeregt klingende Stimme neben sich. In ihren Augen konnte er ein gefährliches Glitzern erkennen.

„Alles getroffen? Bestimmt höchstens ein Viertel“, brummelte sie, aber Yuri konnte ihr nicht folgen.

Das Glitzern in ihren Augen ließ bei ihm die Alarmglocken schrillen:

Ich darf dem Mädchen auf keinen Fall eine Pistole geben.

„Wenn ihr möchtet“, lud die Angestellte in ihrer Polizeiuniform die beiden ein, „im Moment ist gerade das Verhörzimmer frei. Dort sitzt ein Schauspieler, mit dem kann man üben, wie man jemanden zu einem Geständnis bringt, wäre das was?“

„Das machen wir“, bestimmte Yuri ohne groß nachzudenken. Hauptsache, Anya bekam keine Schusswaffe in die Finger.

Aber die zupfte empört an seinem Ärmel.

„Ich will aber lieber mit einer Pistole schießen! Ich will Bondman werden!“

Yuri beschloss, sie geflissentlich zu überhören.

„Hier bitte, eure Uniformen.“

„Dann geh mal“, sagte Yuri aufmunternd und gab Anya einen Klaps auf den Rücken.

„Will dein großer Bruder sich denn nicht auch umziehen und mitkommen?“, fragte die Frau höflich.

„Nicht doch. Ich bin doch nicht ihr Bruder …“

„Das ist kein Bruder, sondern mein Onkel.“

„Ups, Sie sehen so jung aus, ich war sicher, Sie müssten ihr Bruder sein.“

Die Frau lächelte schüchtern und blickte Yuri ins Gesicht. „Ich bitte vielmals um Entschuldigung. Dann also hier entlang, Herr Onkel.

Hrmpf … Ich bin auch nicht ihr Onkel. Aber wenn ich das jetzt auch noch abstreite, dann gibt es am Ende erst recht Diskussionen.

Für Aufsehen zu sorgen, am Ende vielleicht sogar noch festgenommen zu werden und seiner Abteilung bei der Geheimpolizei damit Schande zu machen, war das Letzte, was er jetzt noch gebrauchen konnte.

Ich hab wohl keine Wahl.

Knirschend biss er die Zähne zusammen und setze ein Lächeln auf.

„Schon gut. Die Kleine soll doch den Beruf ausprobieren, nicht ich."

Yuri war gut darin, in Rollen zu schlüpfen, also wieso sollte er nicht den fürsorglichen Onkel spielen?

„Ich warte hier. Und du benimmst dich und hörst darauf, was die nette Dame dir sagt, okay?"

Er versuchte sich an einem aufmunternden Lächeln, seine „Nichte" blickte jedoch nur mürrisch zurück und kniff die Lippen zusammen. Sie wusste ja, dass sein Lächeln nicht aufrichtig, sondern lediglich aufgesetzt war. Yuri jedoch verstand ihre Miene als Ausdruck der Undankbarkeit und war innerlich sauer. Er bemerkte, wie die Angestellten kurz einige vielsagende Blicke miteinander tauschten. Dann wandte sich die Dame von zuvor erneut an ihn:

„Also, es tut mir wirklich sehr leid, aber es gehört zum Konzept unserer Einrichtung, dass die Kinder die Berufe gemeinsam mit ihrer Begleitperson erkunden."

„Wie bitte?"

„Es ist wichtig, dass die Kinder ihre Gefühle gespiegelt bekommen, damit sie besser begreifen können, was ihre Motivation für den jeweiligen Beruf ist", erklärte sie.

Was sind denn das für komische Regeln? Ich bin erwachsen, wieso soll ich jetzt Rollenspiele spielen? Wie soll das ein Kind denn motivieren?

Yuri verstand das alles nicht und war kurz vorm Ausflippen. Wenigstens begriff er jetzt, warum die anderen Eltern alle so seltsam erschöpft aussahen.

„Och nö, das ist Papa peinlich, ich mag nicht … Guck doch mal, mein dicker Bauch! Wollen wir nicht lieber Bäcker spielen?"

„Was? Ich hab heute frei, da will ich keinen Arztkittel tragen."

Plötzlich ergaben die Sätze der Väter, die er zuvor nicht verstanden hatte, Sinn. Dass ihm das nicht eher aufgefallen war! Deswegen waren sie alle so kaputt! Es wäre besser gewesen, er hätte vor seinem übereilten Ausflug hierher ein paar Recherchen angestellt.

Urgh … Ich hätte lieber den fetten Hund wecken und in den Park gehen sollen. Jetzt haben wir den Salat.

Er verspürte den dringenden Wunsch, sich auf die Lippe zu beißen, aber selbst dafür war es nun zu spät.

Was nun? Sollen wir wieder gehen und lieber woanders hin? Nein, das Mädchen …

Er linste verstohlen zu Anya hinunter und sah ihren verkniffenen Mund und die kleinen, rachsüchtigen Augen.

Es kam ihm vor, als ob sie ihm sagen wollte:

„Wenn wir jetzt hier rausgehen, bevor ich was spielen durfte, dann zeige ich Mama mein kritzliges Tagebuch."

Und tatsächlich, hatte sie da nicht etwa schon ihre Hand in die Tasche gesteckt, wo ihr Notizbuch verstaut war, um ihn damit zu erpressen?!

„Was meinen Sie? Möchten Sie sich umziehen gehen oder ist das nichts für Sie? Dann müssten Sie allerdings wieder gehen."

Yuri schämte sich.

„Nein, nein … Ich gehe mich umziehen."

Was sonst hätte er antworten sollen.

Meine Güte … Was für ein lächerliches Kindertheater.

Yuri stand vor dem Verhörzimmer und blickte auf einen leeren Tisch und ein paar Stühle. Die ganze Szenerie wirkte steril und mittendrin saß trotzig ein Schauspieler, der die Rolle des Verdächtigen spielte. Die Aufgabe der Kinder war es, herauszufinden, was er ausgefressen hatte.

Wenn es ihnen gelang, war das Erlebnis zu Ende. Aber es gab kein Drehbuch, dem der Schauspieler folgen musste. Es war ihm freigestellt zu improvisieren, und so dachte er sich fortwährend etwas Neues aus. Damit die Kinder besser in das Spiel hineinfinden konnten, war er wie ein Schurke aus einem Fernsehfilm verkleidet. Seine Sachen waren alle schwarz und auf dem Kopf trug er eine Sturmhaube, die nur einen Schlitz für die Augen frei ließ.

So ein Unsinn, die Sturmhaube würde man als Erstes runterziehen! Wieso hat er die die ganze Zeit auf?

Yuri war genervt und verblüfft zugleich. Eigentlich wurde im BE–I–Z doch auf jedes Detail geachtet, die Szenerie hier wirkte auf ihn jedoch irgendwie seltsam verfremdet. Andererseits schien Anya in ihrer Polizeiuniform und im Angesicht dieses Bösewichts hoch motiviert zu sein.

„Gut, Frau Forger, Sie sind dran. Bitte verhören Sie den Verdächtigen."

„Jepp", antwortete Anya beflissen, als sie aufgerufen wurde. Yuri saß unterdessen auf einem blanken Metallstuhl an einer Seite des Raums, um Anyas Verhör mit einer Schreibmaschine zu dokumentieren.

Eine Angestellte erklärte Anya das Rollenspiel und was sie nun tun musste.

„Dieser Mann da ist ein Verbrecher. Er ist in mehrere Häuser eingebrochen und hat den Leuten Geld und Wertsachen gestohlen. Er will aber kein Geständnis ablegen. Du musst jetzt versuchen, ihn dazu zu bringen, dir zu verraten, was er getan hat."

„Okidoki."

Anya machte einen Militärgruß, dann drehte sie sich zu dem Verdächtigen um sah ihn mit ausdruckslosen Augen an.

Was macht sie denn da?, schimpfte es in Yuri, während er beobachtete, wie Anya sich sehr theatralisch auf den Stuhl im Verhörzimmer setzte.

„Also, du schon wieder, Jack! Du kannst es einfach nicht lassen, was?", sagte sie.

Wie kommt sie darauf, dass er Jack heißt? Und wieso geht sie davon aus, dass er ein Wiederholungstäter ist?

„Ist kalt geworden, hab ich Recht? Bald ist es Winter."

Anscheinend hatte sich Anya für ihr Szenario auf eine Jahreszeit festgelegt. Sie erhob sich langsam von ihrem Platz und ging gemächlichen Schrittes zum Fenster hinüber.

Durch die heruntergelassene Jalousie schaute sie nach draußen.

„Deine Heimat liegt im Norden, stimmt´s?“, stellte sie fest. „Dort ist es jetzt bestimmt schon Winter, was?“

„Willst du, dass ich Heimweh bekomme, oder wieso faselst du von meiner Heimat?“

Der Bösewicht lachte spöttisch.

„Da muss ich dich leider enttäuschen. Ich habe keine Heimat mehr. Keine Eltern, kein Zuhause, dort gibt es schon lange nichts mehr für mich.“

Der Schauspieler war wirklich gut. Wie er sich auf Anhieb auf Anya und auf das einstellte, was sie sich ausgedacht hatte, war beeindruckend. Er spielte seine Rolle hervorragend. Dennoch war da etwas zwischen den beiden, dass absolut nicht zu stimmen schien.

„Jetzt reicht es aber. Hör auf, mir was vorzumachen, John!“, schimpfte Anya und sprach plötzlich mit ganz tiefer Stimme, weil ihr das besonders cool vorkam. Mit dem Namen hatte sie sich jedoch diesmal vertan.

Gerade eben hieß er doch noch Jack! Wie kannst du denn den Namen vergessen? Du hast ihn dir doch selbst ausgedacht!

SWK
SWK

Yuri war kurz vorm Ausrasten.

„Also, was ist jetzt mit Garret?“, ließ Anya einen weiteren Namen fallen. Die Augen des Verdächtigen weiteten sich überrascht. Anya drehte sich zu ihm um und blickte ihm direkt in sein verhülltes Gesicht.

„Garret wartet dort auf dich, hab ich recht? Darauf, dass du zurückkommst.“

„…“

„Wenn du gestehst, hast du deine Strafe im Nu abgesessen und kannst nach Hause zurück, um den Rest deines Lebens glücklich mit Garret zu verbringen.“

Als er Anya das sagen hörte, brach der Verdächtige in Tränen aus.

„I… Ich … hab es getan“, stammelte er.

Anya ging auf ihn zu und klapste ihm sanft auf die Schulter. „Möchtest du ein Schnitzel essen?“, fragte sie ihn mit eindringlicher Stimme.

Wa… Was war das denn? Was ist … hier gerade passiert? Yuri war fassungslos.

„Das war super! An sein gutes Herz zu appellieren war eine tolle Idee! Großartig!“

Die Angestellten klatschten lobend in die Hände und auch der Schauspieler, Jack oder John oder wie auch immer, applaudierte ihr.

„Das war beeindruckend, Frau Forger. Für deinen erfolgreichen Abschluss bekommst du von uns jetzt noch ein Abzeichen."

„Juhu. Ein Abzeichen."

Anya strahlte übers ganze Gesicht, als ihr der metallene Anstecker überreicht wurde.

„Das habe ich toll gemacht, oder?"

Ihre Stimme klang jetzt wieder ganz normal.

„Ja, sehr geschickt."

„Das hast du wirklich super gemacht, kleine Dame. Am Ende wären mir fast die Tränen gekommen."

Anyas Brust hob sich stolz, wie sie so in höchsten Tönen gelobt wurde.

„Aus dir wird bestimmt mal eine ganz tolle Polizistin."

„He he. Vielleicht sollte ich mal ernsthaft darüber nachdenken."

Wenn man ihre Reaktion sah, war es vielleicht wirklich gut, dass man die Kinder hier in ihrem Tun positiv bestärkte.

Und dennoch …

Quark … Ein Verdächtiger würde bei so einem Verhör nie ein Geständnis ablegen. Wenn es so leicht wäre, Menschen zu einem besseren Leben zu bringen, bräuchte es ja keine Polizei und erst recht keine Geheimpolizei.

War es nicht so? War es dann richtig, die Kinder Ostanias auf diese Weise auf zukünftige Aufgaben vorzubereiten?

Während Yuri noch in Gedanken versunken dasaß, wurde der Verdächtige ausgetauscht. Ein jüngerer, gut aussehender Bursche, der ein wenig wie ein Aufreißer wirkte, hatte nun auf dem Verhörstuhl Platz genommen.

„Also schön. Dann ist jetzt Herr Briar an der Reihe. Hier entlang bitte, Herr Briar. Frau Forger, Sie dürfen sich setzen und schreiben bitte alles ganz genau mit."

„Viel Erfolg, Onkel."

„Ja …"

Yuri erhob sich gezwungenermaßen und wandte sich der Angestellten für die Einweisung zu. Aber er hatte nicht vor, ernsthaft bei diesem Spiel mitzumachen.

Ich nehme an, wenn alle so begeistert von diesem lächerlichen Verhör waren, kann ich es locker angehen …

„Also gut, Herr Briar. Bitte verhören Sie diesen Mann. Seine Frau hat ihn beschuldigt, sie verprügelt zu haben. Angeblich hat er sie geschlagen und getreten, weil ihm ihr Essen nicht geschmeckt hat …“

„…“

Die Erklärung der Mitarbeiterin hatte unversehens einen Schalter in Yuris Kopf umgelegt. Wortlos drehte er sich um.

„Ä… Ähm, Beamter Briar? Ich war noch nicht fertig!“

„Ist schon gut“, wimmelte Yuri sie ab und setzte sich dem Verdächtigen gegenüber.

„Guten Tag. Mein Name ist Briar. Ich bin hier, um sie zu verhören.“

Lächelnd schaute Yuri unter seinem langen Pony hervor. Aber vor ihm sah er nicht länger einen Schauspieler, sondern Loid Forger.

Du Mistkerl hast deine Frau geschlagen? Weil sie eine schlechte Köchin ist?

Ein leises Knirschen verriet, wie seine Kieferknochen im Verborgenen arbeiteten. Hinter seinem Lächeln verbarg sich nun blanker Hass, während er den Mann tadelte, als sei er ein Kind: „So etwas macht man doch nicht.

Man schlägt doch keine Frauen, erst recht nicht die eigene."

Der Verdächtige lachte.

„Das sehe ich genauso. Darum hab ich meine Frau auch überhaupt nicht geschlagen. Sie ist gestürzt und hat sich dabei verletzt."

„Das heißt also … Sie sind unschuldig?"

Yuris Lächeln blieb unverändert, aber seine Augen zogen sich zu schmalen Schlitzen zusammen.

„Und ob, wenn überhaupt, dann bin ich hier das Opfer. Haben Sie eine Ahnung, wie lange sie braucht, um Essen zu machen? Und dann kocht sie andauernd denselben ungenießbaren Fraß", brach es aus ihm heraus.

Yuris Mundwinkel waren wie in Stein gemeißelt.

„Na, wenn das so ist …"

Yuri erhob sich, beugte sich über den Tisch und griff mit der Hand nach dem Kopf des Verdächtigen.

„Das heißt, wenn ich Ihnen sämtliche Zähne ausschlage, die Nase breche und danach das Kinn zertrümmere, dann ist das eigentlich auch Ihre Schuld, nicht wahr? Schließlich bin ich doch hier das Opfer, richtig?"

„Hää?!"

Diese unverholene Drohung in Kombination mit Yuris eiskaltem Lächeln ließen den Schauspieler erschauern. Dann sah er, wie Yuris Lächeln langsam auf seinen Lippen erstarb.

„Sie sind ein Frauenschläger".

Yuris Stimme klang jetzt kalt und metallisch.

„Sie haben eine makellose, gutherzige, harmlose Frau verprügelt. Einen wie Sie sollte man im Hinterhof verscharren. Aber wissen Sie was? Ich mache es kurz und schmerzlos. Kein Richter, kein Urteil. Fälle wie Ihren lösen wir hier auf dem kurzen Dienstweg."

„!"

„Sie können ja Gott um Verzeihung dafür bitten, was Sie Ihrer Frau angetan haben."

Yuri nahm seine Hand vom Kopf des Mannes und ließ sie an dessen Kehle wandern.

„Hiiilfe!"

Obwohl nur ein Spiel, hatte Yuris Verhalten den Schauspieler in Panik versetzt. Er war kreidebleich, zitterte und schrie mit heraushängender Zunge:

„E… Es tut mir leid! I… i… i… Ich mache es nie wieder! Ich werde sie nie wieder schlagen!

Überhaupt, das ist doch nur ein Spiel! Ich bin ja nicht mal verheiratet! Ich bin Single, ich hab nicht mal eine Freundin! Es tut so lei-hei-heid! Bitte vergeben Sie mir!“

Huch?

Der Schauspieler war vollends aus seiner Rolle gefallen und brach schluchzend in Tränen aus. Da wurde Yuri endlich wieder klar im Kopf und ließ von dem „Verdächtigen“ ab.

„Oh … ups, tut mir echt leid … Ich war anscheinend völlig in meine Rolle versunken …“

Aus Yuris Verhalten sprach echte Zerknirschung, doch der Schauspieler konnte nicht anders, als ihn weiter stumm und angsterfüllt anzustarren. Auch der Mitarbeiterin hatte es die Sprache verschlagen, wie versteinert stand sie da.

Nun war Yuri damit an der Reihe, kreidebleich zu werden.

Was ist da nur mit mir durchgegangen? Ich wollte es doch locker angehen …

Was, wenn Anya seiner Schwester davon erzählen würde? Wenn er sie damit unglücklich machen und er ab jetzt der übergeschnappte Bruder sein würde? Gute Güte, das wäre ja noch längst nicht alles.

Was, wenn Yor rausfindet, dass ich nicht fürs Ministerium, sondern für die Geheimpolizei arbeite? Yor wäre völlig schockiert! Hach. Was hab ich nur getan? Daran ist nur wieder dieser Loidie schuld. Nur, weil ich an ihn denken musste … Argh … Das verzeihe ich dir nie, Loid Forger!

„Das war voll cool, Onkel …"

„Hm? Was?"

In Anyas Stimme lag ein Anflug von Zittern. Als Yuri sich ängstlich zu ihr umdrehte, sah er, wie sie ihn mit einem Ausdruck von ehrlichem Respekt in den Augen von der Seite des Raumes her, wo sie saß, anstarrte. Ihre Wangen waren leicht gerötet und ihre Augen glitzerten wie Sternchen.

„Du bist ein Verhörgenie."

„Nein, nicht doch."

Das ist kein Talent, sondern einfach nur mein Beruf, konnte sie seine Gedanken lesen.

„Wow. Du bist ja ein echter …"

Sie unterbrach sich selbst.

„Du bist ja ein echter Erwachsener mit viel Erfahrung", beendete sie ihren Satz.

Yuri wusste nicht, wie er dieses Lob verbuchen sollte.

Unterdessen erwachten die zu Eis erstarrten Mitarbeiter langsam wieder zum Leben und begannen, enthusiastisch zu applaudieren.

„Wie sie so direkt zur Sache gekommen sind, das hat mich ein bisschen erschreckt, aber es hat sich auch wirklich sehr real angefühlt! Sie haben eine ganz beeindruckende Präsenz!“

„Mein Herr, Sie wären bestimmt ein hervorragender Schauspieler! Gut aussehend sind Sie auch, als Filmstar wären Sie bestimmt ein absoluter Hit! Ich würde für Sie meine Hand ins Feuer legen! Ich hab richtig Schiss gehabt!“

„Ach … Ähm … Also … Nicht doch.“

„Das war wirklich toll! So viel Intensität würde ich eigentlich nur einem echten Polizisten zutrauen!“

„Ich kann Sie gerne meiner Talentagentur vorstellen, wenn Sie Schauspieler werden möchten, ja?! Aus Ihnen würde ganz bestimmt ein Weltstar.“

„Nun ja … Ah ha ha.“

Einerseits war Yuri die Situation peinlich, schließlich hatte er ja gar nicht geschauspielert. Zum anderen hatte er die ganze Zeit über Loid Forger vor seinem inneren Auge gesehen und sich nur deswegen nicht beherrschen können.

Andererseits freute er sich über all das Lob, denn schließlich war er gerade mal zwanzig Jahre alt und zudem auch etwas simpel gestrickt. Gut gelaunt fragte er deshalb:

„Also gut. Probieren wir noch einen Beruf aus?"

„Jepp!"

Dann nahm er Anya bei der Hand und ging los, gespannt, was sie sich als Nächstes aussuche würde.

◉

»Onkel, ich hab Hunger."

„Du hast recht. Es ist spät geworden, wir sollten wirklich mal etwas essen."

„Mein Bauch ist ganz doll leer."

„Wollen wir in die Etage mit den Restaurants gehen und dort einen Hot Dog essen?"

Anya und Yuri hatten alle möglichen Berufe ausprobiert und darüber die Zeit und sogar das Mittagessen vergessen. Sie waren Journalisten, Feuerwehrleute, Richter, Anwälte, Soldaten, Bildhauer, Ärzte und Lokführer gewesen.

Jetzt saßen sie völlig erschlagen an einem Tisch auf der

verglasten Terrasse, aßen Hot Dogs und tranken Saft und Kaffee. Anya war so müde, dass sie beinahe einschlief und darüber vergaß, sich ihren Hot Dog in den Mund zu schieben. Den anderen Besuchern um sie herum schien es genauso zu gehen, allerdings waren es ohnehin längst viel weniger geworden.

„Und? Was hat dir am besten gefallen?“, fragte Yuri und nippte an seinem Kaffee.

„Hm?“

Anya starrte gedankenverloren an die Decke, auf die ein strahlend blauer Himmel gemalt war, und ließ die Beine baumeln. Schließlich entrang sich ihr ein tiefer, erschöpfter Seufzer.

„Ich hab heute zu viel gearbeitet. Ich glaube, ich will lieber mehr Spaß im Leben haben.“

„Kff! Öchö! Was?“

Bei Anyas Antwort verschluckte sich Yuri so heftig, dass er husten musste.

„Am liebsten möchte ich eine Wolke werden“, sang Anya.

„…“

„Ein Vogel wäre auch okay.“

Für Yuri fühlte es sich an, als wären all die Strapazen dieses vermaledeiten Tages umsonst gewesen.

Hmpf… Was für eine Zeitverschwendung.

Was sollte er jetzt seiner Schwester sagen?

Wieso das denn jetzt? Kann sie nicht Anwältin oder Polizistin sein wollen? Alles, aber bitte keine Arbeitslose!

In Yuris Augen lag pure Resignation. Davon unbeirrt legte Anya ihren angebissenen Hot Dog auf den Teller zurück und kramte in ihrem Täschchen nach der Broschüre, die sie dort verstaut hatte.

„Als Letztes will ich noch dahin gehen", sagte sie und zeigte mit dem Finger auf einen Punkt auf dem Papier.

„Hast du nicht gerade gesagt, du willst später mal eine Wolke werden?", fragte Yuri bissig.

„Onkel, Menschen können doch keine Wolken werden."

Bei diesem Satz sah Anya ihn mitleidig an, was Yuri zur Weißglut brachte. Wie konnte jemand, der sich andauernd dermaßen ahnungslos aufführte, in den entscheidenden Momenten immer ins Schwarze Treffen? Waren etwa alle Kinder so? Oder nur dieses kleine Mädchen?

„Zeig mal her."

Er konnte sich ja zumindest mal kurz ansehen, was sie sich jetzt noch vorgenommen hatte. Anyas Finger ruhte auf einer Manufaktur für Accessoires. Dort konnte man sich selbst Designs für Broschen, Ketten und Ohrringe ausdenken und sie dann auch herstellen. Yuri war verblüfft. Damit hatte er nicht gerechnet.

„Ich wusste gar nicht, dass du dich für Mode und Schmuck interessierst."

„Doch. Ich bin sozusagen ein Mödel", antworte Anya.

Yuri hatte zwar einen Zettel für Yor hinterlassen, doch es war schon spät und er hatte keine Lust, dass seine Schwester sich unnötig Sorgen machte.

„Weißt du, Yor ist bald wieder zu Hause, ich denke, wir sollten langsam aufbrechen."

Als sie das hörte, ließ Anya traurig die Schultern hängen und sah niedergeschlagen zu Boden.

„Aber ich wollte Mama doch ein Mitbringsel basteln."

„Was?" Yuri sah sie mit großen Augen an.

„Mama hat gesagt, dass sie heute frei hat und ganz viel mit mir spielen will. Aber wegen der Arbeit ging es jetzt doch nicht.

Sie war deswegen ganz traurig und hat sich bei mir entschuldigt, dabei kann sie doch gar nichts dafür. Das hat mir leidgetan."

„..."

Anyas Art, sich auszudrücken, war stets etwas unbeholfen, aber diesmal hatte sie ihre Worte mit Bedacht gewählt. Yuri spürte ein vertrautes Ziehen in seiner Brust. So hatte er früher auch immer für seine Schwester empfunden, wenn sie sich mal wieder bei ihm dafür entschuldigt hatte, dass sie so viel arbeiten und ihn deshalb allein lassen musste und kaum Zeit mit ihm verbringen konnte. Das hatte Yuri jedes Mal furchtbar traurig gemacht.

„Mama ist immer so fleißig und arbeitet so viel, da wollte ich wenigstens eine hübsche Insektenbrosche machen und ihr schenken."

„Lieber keine Insekten", murmelte Yuri.

„Yor hasst Krabbeltiere. Such dir lieber was anderes aus."

„Hm? Aber du hast doch gesagt, wir haben keine Zeit mehr, Onkel ..."

„Wenn du jetzt schnell aufisst, dann schaffen wir das noch."

„Okay."

Anya strahlte über das ganze Gesicht. Sie steckte sich den restlichen Hot Dog ganz in den Mund und sprang von ihrem Stuhl auf.

„Dann mache ich ihr eine Blumenbrosche."

„Lieber keine Blumen. Das will ich schon machen, ein Korsett mit Blumenmuster für Yor."

„Onkel, das ist impertinent."

„Wie kommt es eigentlich, dass du solche Wörter kennst?"

Und so machten sie sich auf den Weg zur Manufaktur.

Yuri bemerkte gar nicht, dass er die kleine Hand, die ihm zuvor so lästig gewesen war, sanft hinter sich herzog …

◉

„Bald müssten sie eigentlich wieder zu Hause sein, hm?"

Yor war dabei, den Tisch mit Salat, Bratäpfeln und Kalbsschnitzel zu decken und blickte zur Uhr an der Wand. Sie hatte viel früher wieder zu Hause sein wollen, aber dann hatte alles doch länger gedauert. Nun war sie schon seit einer Viertelstunde daheim, doch von Yuri und Anya gab es keine Spur.

Auf dem Couchtisch hatte ein Zettel gelegen, auf den Yuri geschrieben hatte: Gehen zum BEIZ. Davon hatte Yor bereits gehört, ihre Kollegin Sharon hatte ihr davon erzählt. Dieses Berufsinformationszentrum für Kinder war derzeit in aller Munde. Bei dem Gedanken, dass Yuri gemeinsam mit Anya etwas unternommen hatte, wurde ihr ganz warm ums Herz, auch wenn sie ein bisschen traurig war, dass niemand sie bei ihrer Rückkehr erwartet hatte. Anscheinend hatten sie vor dem Losgehen sogar noch an Bond gedacht und ihn mit extra viel Wasser und Hundefutter versorgt. Ihr Bruder tat zwar immer so, als würde er ihre Ehe mit Loid nicht gutheißen, aber wenn es darauf ankam, kümmerte er sich doch gut um alles. Es stimmte schon, manchmal war er etwas aufbrausend und kurz angebunden, aber im Kern war er doch ein lieber Junge. Yor schmunzelte, während sie den Schokoladenkuchen, in dem extra viele von Anyas geliebten Erdnüssen waren, und Yuris Lieblingswein auf den Tisch stellte. Loid hatte gesagt, er würde erst spät nachts heimkommen, also würde sie heute mit den beiden zu Abend essen, sobald sie zurück wären.

„Hach, na ja. An Loids Kochkünste reicht das trotzdem nicht heran. Sein Essen ist wirklich lecker."

Sie hatte nicht viel Zeit gehabt, um etwas zu kochen, aber zumindest eine Suppe hatte sie schnell zubereiten wollen. Es war das erste Mal, dass sie sich an einer Kartoffelsuppe versucht hatte, und auch, wenn man sich nicht selbst loben soll, so war sie doch der Meinung, sie sei ihr ganz gut gelungen. Na gut, sie roch ein bisschen komisch, aber das lag bestimmt nur am Pfeffer.

„Hoffentlich sind sie bald wieder da. Nicht wahr, Bond?"

„Woff", bellte Bond prompt auf Yors Frage hin.

„Ich hoffe, die Suppe wird ihnen schmecken. Dich kann ich leider nicht kosten lassen, Bond, es sind nämlich Zwiebeln drin."

„Wo… Woff …"

Irgendwie kam es Yor so vor, als würde Bond vorsichtig auf Abstand gehen, aber das war sicher nur Einbildung. Denn kurz darauf stellte er plötzlich die Ohren auf und begann fröhlich zu kläffen. Mit dem Schwanz wedelnd rannte er auf die Wohnungstür zu. Das konnte nur bedeuten, dass Yors sehnlichst erwartete Gäste endlich angekommen waren.

„Ich bin ein Genie. Meine Blumenbrosche ist voll toll."

„Erst mal bin ich dran. Sieh dir dieses süße Haarband an. Es passt perfekt zu meiner wunderschönen Schwester."

„Mama muss vor Freude über meine Brosche bestimmt weinen."

„Hrmpf. Jetzt mal halblang. Wenn sie überhaupt weint, dann über mein Haarband."

„Das ist ein Duell, Onkel."

„Wie du willst, Chihuahua. Und nenn mich nicht Onkel."

„Du bist aber mein Onkel."

Yor konnte die beiden von der anderen Seite der Tür her streiten hören, auch wenn sie nicht jedes einzelne Wort verstand. Wenn Yuri mit Anya zusammen war, verhielt er sich wirklich wie ein kleiner Junge.

Die beiden sind gute Freunde geworden, oder?

Kichernd folgte sie dem Familienhund, um Anya und ihren Bruder zu begrüßen.

NOVEL MISSION : 3

Franky war auf dem Weg nach Hause. Gerade war er in der Orthopädie des Allgemeinen Krankenhauses von Berlint gewesen, wo man ihn verarztet hatte. Warum? Nun, das ließ sich leicht seinem ärgerlichen Geschimpfe entnehmen:

„Verdammt noch mal, Twilight … Ich bin kein Agent, sondern Informant, und das weißt du genau. Für Kampfeinsätze bin ich nicht geeignet … Wie kommt es, dass ich andauernd in solche Situationen gerate?“

Franky war ein Informant aus Ostania, der hinter den feindlichen Linien wichtige Informationen für Loid beschaffte. So hatte er zum Beispiel die Testaufgaben für die berühmte Eden-Akademie besorgt, aber auch Dokumentenfälschungen konnte man bei ihm in Auftrag geben. Als Tarnung hatte er sich die Identität eines Kioskbesitzers zugelegt. Franky arbeitete viel mit Twilight alias Loid Forger zusammen, der nach außen hin harmlos wirkte, so als könne er keiner Fliege etwas zuleide tun. In Wahrheit aber war er abgebrüht und im Umgang mit anderen nicht gerade zimperlich und so kam es, dass Franky immer mal wieder helfend zur Seite stehen musste, sei es als Babysitter für das adoptierte Mädchen, sei es als Helfer bei einer verdeckten Mission.

Bei seinem letzten Auftrag hatte er sich an der Hüfte verletzt und deswegen ins Krankenhaus gehen müssen. Am liebsten hätte er die Krankenhausrechnung, die man ihm ausgehändigt hatte, direkt an Loid Forgers Abteilung in der Psychiatrie weitergeleitet, aber wer wusste schon, zu welchen Unannehmlichkeiten solch eine Kurzschlussreaktion im Nachhinein geführt hätte.

Wenn ich bloß genug Geld hätte, dann würde ich nur noch normale Jobs annehmen und alles andere einfach ablehnen. Immerhin bin ich Informant und nicht sein Mädchen für alles, ist doch wahr.

Franky war stets knapp bei Kasse. Das lag vor allem daran, dass er für sein Leben gern neues Spionagewerkzeug erfand, was ihm natürlich auch Gewinn einbrachte, aber selten so viel, dass es seine Forschung finanzieren konnte. Deswegen konnte er Aufträge auch dann nicht ablehnen, wenn sie nichts mit seinem eigentlichen Metier zu tun hatten. Es hieß ja, für ein erfolgreiches Leben brauche man lediglich Charme, Geld und Macht, aber während Twilight von all dem mehr als genug zu haben schien, besaß Franky nichts davon. Die Welt war furchtbar ungerecht.

Um dem Unrecht die Krone aufzusetzen, hatte Twilight jetzt auch noch eine wunderschöne Frau, eine furchtbar niedliche, wenn auch manchmal freche, kleine Tochter, und auch ein Familienhund durfte zum Glück nicht fehlen.

Kein Wunder. Wenn ich so aussehen würde wie er, würden die Frauen auch auf mich fliegen und mein Leben wäre schlagartig besser. Am Ende geht es immer nur ums Äußere! Was muss ich auch mit so einer Visage geschlagen sein?

In Gedanken versunken, hatte Franky den Weg aus den Augen verloren und fand sich plötzlich in einer Gegend wieder, die er nicht kannte. Er hatte sich verlaufen. Sich umsehend, stellte er fest, dass er inmitten eines Geländes stand, das wie ein groß angelegter Garten aussah. Zudem befand er sich offenbar auf der Rückseite eines Gebäudes, das zum Krankenhaus gehören musste, der Eingang lag aber höchstwahrscheinlich auf der genau gegenüberliegenden Seite.

„Echt jetzt? Ich hab heute wirklich nur Pech."

Franky seufzte tief und fuhr sich mit der Hand durch die krausen Haare. Gerade, als er sich daran machen wollte, den Weg zurückzugehen, hörte er von einer Seite des Gebäudes her, wo der Innenhof liegen mochte, eine Stimme.

Er hielt inne. Sie musste von dort, hinter dem blühenden Rosenbusch, kommen.

Singt da jemand?

Der Gesang verzauberte Franky und er folgte seinem Klang bis zum Dickicht hinüber. Dort stieß er auf eine junge Frau in schneeweißem Pyjama mit vor der Brust verschränkten Händen, die ein wunderschönes Lied sang. Sie mochte vielleicht sechzehn oder siebzehn Jahre alt sein. Die langen, blonden Haare fielen ihr bis auf die Hüftknochen hinab. Die Augen hielt sie geschlossen, wie ganz in sich selbst und ihr Lied versunken. Das musste auch der Grund sein, weswegen sie Franky noch nicht bemerkt hatte.

Eine Patientin?

Schweigend lauschte Franky dem Klang ihrer Stimme und es kam ihm vor, als höre er einem Engel zu, auch wenn er sich für diesen naiven Gedanken ein wenig schämte. Den Text ihres Liedes kannte er nicht, aber die Art, mit der sie die Worte hervorbrachte, erfüllte die Luft ganz und gar.

Er war so von dem Schauspiel, das sich ihm darbot, gefangen, dass er, ohne darüber nachzudenken, zu klatschen begann, als das Mädchen sein Lied beendet hatte.

Erschreckt durch das plötzliche, die Stille durchbrechende Geräusch, das sich nach dem Abebben ihres Gesangs über die Wiese ausgebreitet hatte, zuckte sie zusammen.

„We… Wer ist da?“, fragte sie ängstlich und umklammerte ihre Schultern mit den Händen.

So ein Mist, dachte Franky. Jetzt hält sie mich sicher für einen Stalker.

„Ha… Hallo. Tut mir leid, ich wollte dich nicht erschrecken“, suchte er hektisch nach einer Ausflucht.

„Also … Ich war nur gerade eben bei der Orthopädie und auf dem Nachhauseweg, da hat mich der Klang deiner Stimme irgendwie hierher gelockt … Tut mir leid, ich wollte mich nicht anschleichen.“

Franky senkte schuldbewusst den Kopf. Erleichtert löste sich die Anspannung von den Schultern der jungen Sängerin.

„Mir tut es auch leid, da habe ich wohl überreagiert, ich wollte Sie nicht in Verlegenheit bringen“, sagte sie.

Etwas nervös an ihrer Kleidung nestelnd fuhr sie fort:

„Vielen Dank für den Applaus … Das ist sehr nett, ich fühle mich geschmeichelt.“

Ihr verlegenes Lächeln brachte Franky aus der Fassung.

Nervös kratzte er sich am Hinterkopf und beeilte sich zu antworten:

„Nun ja … Ich kenne mich mit Musik nicht wirklich gut aus, aber wie du gesungen hast, das war sehr berührend. Wirklich. Du bist eine tolle Sängerin."

„He… Herzlichen Dank."

Das Blut schoss der jungen Frau in den Kopf und färbte ihn bis in die Ohrenspitzen rot.

„Aber wie kommt es, dass du hier ganz allein nur für dich singst?"

Franky sah zum Krankenhaus empor.

„Ach so, verstehe", beantwortete er seine Frage gleich selbst. „Du wolltest bestimmt auf die anderen Patienten Rücksicht nehmen und bist deshalb zum Singen nach draußen gegangen, oder?"

„Ja und nein, eigentlich habe ich ein Einzelzimmer, aber wenn ich richtig in Fahrt komme, kann ich meine Lautstärke schlecht kontrollieren, das hätte die Leute in den Nachbarzimmern also bestimmt gestört", erwiderte die junge Frau. Franky fiel auf, dass sie die Augen noch immer geschlossen hielt.

„Vielleicht hätte ich nach einem schalldichten Zimmer fragen sollen“, lachte sie.

„Oh Gott, das wäre bestimmt unheimlich“, gab Franky scherzend zurück. Aber eigentlich dachte er:

Anscheinend muss sie aus einem reichen Elternhaus kommen.

Das Allgemeine Krankenhaus von Berlint war bekannt dafür, die älteste Heilanstalt der Stadt mit einer langen und traditionsreichen Geschichte zu sein. Zahlreiche bedeutende Personen aus Politik, Kunst und Wirtschaft waren hier bereits als Patienten zu Gast gewesen, weswegen ein Einzelzimmer für die finanzielle Absicherung seiner Bewohnerin sprach. Vielleicht war das ja auch der Grund, weshalb sie ihm ein klein wenig weltfremd vorkam. Auch ihr Pyjama wirkte aus der Nähe betrachtet überaus edel. Sie musste aus wohlbehüteten Verhältnissen kommen, war sich Franky sicher, aufgewachsen in Saus und Braus. Angesichts dessen wunderte es ihn, wie freundlich und frei von Allüren sie war. Aber waren nicht alle Mädchen, die ein gewisses Alter noch nicht überschritten hatten, reinen Herzens und verhielten sich nett?

Für einen kurzen Moment kam ihm sein eigener Anblick in den Sinn, wie er sich damals als feine Dame verkleidet hatte.

Twilight hatte ihn damals ausstaffiert, um die Lehrer der Eden-Akademie damit zu täuschen. Mit dem Aussehen einer echten jungen Frau aus gutem Hause, wie sie nun vor ihm stand, hatte das aber gar nichts zu tun gehabt.

Tja, wie man es dreht und wendet, das ist eine Welt, zu der ich nie Kontakt hatte oder haben werde.

Franky verabschiedete sich und wollte schon fortgehen, als …

„Mo… Moment!“, rief die junge Frau ihm nach.

„Hm? Was?“

Als er sich umdrehte, hob sie ihre Augenlider. Darunter kamen überraschend klare Augen zum Vorschein, die ihn an wunderschöne Kristalle erinnerten, die aber nicht in seine Richtung, sondern ziellos in die Gegend sahen.

„Wenn Sie vielleicht ein bisschen Zeit hätten und es Ihnen nichts ausmacht, …“

„?“

„… würden Sie sich dann noch ein Lied von mir anhören?“

Verwundert folgte Frankys Blick einen Moment lang der Richtung, in die ihre Augen blickten, oder vielmehr: nicht blickten.

Als er schließlich den weißen Stock am Boden zu ihren Füßen sah, begriff er endlich.

Ach … Sie ist also zur Behandlung ihren Augen hier.

Wobei er sich dessen nicht sicher sein konnte, vielleicht war sie schon immer blind und aus einem ganz anderen Grund im Krankenhaus. Franky betrachtete ihre sanften Gesichtszüge, die bang auf seine Antwort zu warten schienen.

„In Ordnung", erwiderte er.

„Vielen Dank!"

Wie eine Knospe, die im Schein der Sonne erblüht, begann ihr Gesicht zu strahlen. Frankys Herz machte einen Hopser.

Wa… Warum schlägt mein Herz nur so doll? Sie ist doch noch ein Backfisch, ermahnte er sich selbst.

„I… Ich hab heute sowieso nichts Wichtiges mehr zu tun", erklärte er deshalb etwas rüpelhaft. Eine winzige Kränkung, klein wie ein Nadelstich, den die junge Frau jedoch überhaupt nicht zu spüren schien.

„Okay." Sie nickte froh und fragte ein wenig verschämt: „Also … Darf ich Sie vielleicht nach ihrem Namen fragen?"

„Mein Name? Ich heiße Franky …"

„Ich bin Alessa. Alessa Baltzer", gab sie zurück und lächelte.

„Du bist neuerdings so gut gelaunt. So kenne ich dich ja gar nicht."

„Ach so? Findest du? Wirke ich so?"

Twilight saß mit Franky an ihrem üblichen Tisch und nahm das neue Tonbandgerät in Empfang, das jener ihm besorgt hatte. Er konnte es kaum glauben. Vor Kurzem noch war Franky wegen gebrochenem Herzen am Boden zerstört gewesen, aber nun saß er da und blickte durch das Fenster des Cafés nach draußen, so als ob er jeden Moment damit beginnen könnte, ein Lied zu pfeifen.

„Na ja. Ist eben schönes Wetter heute", gab dieser zurück.

„Es ist wolkig", entgegnete Twilight trocken.

„Schon gut. Ist doch auch egal. Es regnet zumindest nicht, das reicht doch. Wenn es regnen würde, könnte man nicht vor die Tür gehen. Man würde sich eine Erkältung einfangen und dann hat man den Salat."

Twilight runzelte die Stirn. Sein Informant war wirklich ungewöhnlich gut gelaunt.

Ist er jetzt verrückt geworden, weil er einen Korb zu viel bekommen hat? Oder hat er ein High, weil er zu viel gearbeitet hat? Das ist nicht gut. Für meine Mission brauche ich einen fähigen Informanten, Babysitter und Hersteller neuer Spionagegeräte, dachte Loid.

Mit gespieltem Desinteresse fragte er:

„Ist irgendwas Schönes passiert?"

Franky kicherte und machte ein seltsam wichtigtuerisches Gesicht.

„Wenn ich es in Worte fassen müsste, würde ich sagen, ich war in einer Wüste unterwegs und hab dort eine Blume blühen sehen", erklärte er.

Okay, also doch eine Frau, war sich Loid sicher.

Ständig verliebte sich Franky in irgendwelche Damen, die seine Zuneigung nicht erwiderten. Wer mochte sie diesmal sein? Nun ja, was machte das schon für einen Unterschied.

Das Problem war nur die Abfuhr. Wenn Franky danach an der Bar versumpfte, musste Twilight jedes Mal den Seelsorger spielen.

Fürs Erste sollte ich es ignorieren, beschloss er.

Er goss Milch in seinen Kaffee, musste dabei an Yor denken und wie sehr er sich daran gewöhnt hatte, ihn so zu trinken.

„Apropos, Franky, hast du vielleicht gleich noch Zeit, um zu uns nach Hause zu kommen?“

„Wieso? Soll ich wieder den Babysitter spielen?“

„Nein. Yor hat gesagt, ich soll dich zum Essen einladen, sie will für dich kochen, weil du uns immer so eine große Hilfe bist.“

„Oh, das ist furchtbar nett, aber heute habe ich leider schon etwas vor. Richtest du ihr bitte schöne Grüße von mir aus?“, erwiderte Franky aufgeregt. Dann schien ihm etwas einzufallen.

„Stimmt ja, Loid. Hast du nicht mal Klassik-Schallplatten gesammelt, damit sich deine Adoptivtochter besser auf die Aufnahmeprüfung an der Eden-Akademie vorbereiten kann?“

„Ja …“, meinte Loid.

Obwohl ich sie am Ende nur selten vorspielen konnte.

Jedes Mal, wenn er eine der Platten aufgelegt hatte, war Anya von einer schrecklichen Müdigkeit befallen worden und fest eingeschlafen. Jetzt stapelten sie sich in einer Ecke und sammelten Staub. Franky lehnte sich über den Tisch und raunte:

„Hast du auch welche mit Opern?“

„Ich glaube schon …“

„Dann leih sie mir bitte mal aus!“

„Hä?“

Loid sah Franky misstrauisch an. Seit wann interessierte sich sein Informant denn für Opernmusik? Eigentlich wirkte er nicht so, als würde er überhaupt irgendeine Art von Musik hören.

Richtig. Als er damals in diese Monica verknallt war, ist er ständig in diesen Cigar Club gegangen, obwohl er weder Ahnung von noch Interesse an Zigarren hat. Das heißt dann wohl, seine neue Flamme arbeitet als Angestellte in einem Opernhaus. Oder er ist hinter der Bedienung in einem Klassik-Café her …

Franky würde jedenfalls nie dazulernen, war Twilight sich sicher.

„Wie dem auch sei, Twilight. Ich muss los. Ich hab eine wichtige Verabredung! Danke und bis bald!“, rief Franky und stapfte mit langen Schritten aus dem Café. Twilight sah ihm eine Weile verdutzt hinterher, dann stieß er einen langen Seufzer aus.

„Hoffentlich muss ich ihm diesmal nicht wieder irgendwelche seltsamen Gefallen tun“, murmelte er.

Gedankenverloren spielte er an dem kleinen Aufnahmegerät, das er von Franky bekommen hatte. Anscheinend hatte er es deutlich verbessert, es fühlte sich viel leichter an und wirkte jetzt perfekt.

◉

„Wow. So ein großer Hund ist das?"

„Genau. Ihre Tochter kann sogar auf dem großen Köter reiten. Eigentlich ähnelt er eher einem Bären als einem Hund, und er ist genauso flauschig", sprudelte Franky beredt, wie er da so neben Alessa im Hinterhof des Krankenhauses auf der Bank saß. Im vergangenen Monat war Franky, sooft es ihm die Zeit erlaubt hatte, hierhergekommen, um Alessas Gesang zu lauschen und sich mit ihr zu unterhalten. Alessa freute sich jedes Mal über die Süßigkeiten und Blumen, die er mitbrachte, als seien es kostbare Schätze. Selbst seine alltäglichsten Geschichten brachten sie zum Lachen und man merkte ihr deutlich an, wie sehr sie sich über seine Besuche freute. Wenn Franky Alessa lächeln sah, überkam ihn ein solches Glücksgefühl, wie er es noch nie in seinem Leben verspürt hatte.

„Wir waren im Park und haben Frisbee gespielt, aber anstatt es zu apportieren, hat er einfach nur verträumt zugeschaut, wie es durch die Luft fliegt."

Frankys Geschichte über den Familienhund der Familie Forger ließ Alessa seufzen.

„Ich wollte auch immer einen großen Hund haben, schon seit ich ein Kind war, aber mein Vater hat es nicht erlaubt. Er hatte Angst, ich könnte eine Allergie bekommen und das wäre nicht gut für die Stimmbänder ..."

„Verstehe ..." Franky schaute betrübt. Es tat ihm leid, wie niedergeschlagen Alessa aussah.

Aber ich versteh das schon auch, dachte er.

Wie er inzwischen wusste, war Alessa die Tochter der bekannten Familie Baltzer. Als Informant hatte er seine Beziehungen spielen lassen und herausgefunden, dass Alessa trotz ihres jungen Aussehens schon neunzehn Jahre alt war. Selbstredend hatte er auch ihre Familie und deren Beziehungen durchleuchtet. Die Baltzers waren eine Familie berühmter Musiker. Alessas Vater, Baltzer Senior, war ein Star-Pianist und ihre Mutter eine weltberühmte Opernsängerin.

Ihr drei Jahre älterer Bruder tourte als Wunderkind an der

Geige durch die Welt, ihr Onkel dirigierte ein Orchester von Virtuosen und seine Frau war eine über die Grenzen hinweg bekannte und gefeierte Komponistin. Zu den Mäzenen der Baltzers gehörten nicht wenige der wichtigsten Persönlichkeiten aus Ostania. Alessa würde dieses Jahr ihren zwanzigsten Geburtstag feiern. Eigentlich hatten ihre Eltern vorgesehen, dass Alessa es ihrer Mutter gleichtun und im Alter von achtzehn ihr Debüt als Opernsängerin geben sollte. Aber dann war sie unerwartet von einer Nervenkrankheit befallen worden, die ihr das Augenlicht nahm, und so war sie schließlich hier gelandet. Aber Alessa ließ sich nicht unterkriegen. Selbst hier, im Krankenhaus, fuhr sie unbeirrt mit ihren Gesangsübungen fort und Franky konnte nicht umhin, sie dafür zu bewundern. Wäre er an ihrer Stelle gewesen, er hätte sich lautstark beklagt, die Hoffnung fahren lassen und sich in Trotz über die Ungerechtigkeit der Welt verloren. Alessa dagegen beklagte sich nie. Nicht ein einziges Mal hatte er sie so etwas wie Selbstmitleid über ihr Schicksal bekunden hören. Und genau deswegen wollte er ihr irgendwie behilflich sein.

„Wenn du willst, kann ich ihn ja nächste Woche mal mitbringen. Er ist nicht der hellste, aber ein echt lieber Hund und man muss keine Angst vor ihm haben. Du könntest ihm ja ein Leckerli geben“, schlug Franky vor.

„Denkst du, das geht?“

Alessas schneeweiße Wangen röteten sich und sie erhob sich mit einer raschen Bewegung von der Bank. Aber schon legte sich erneut ein Schleier über ihr Gesicht und sie setzte sich plumpsend wieder hin.

„Was denn?“, fragte Franky.

„Machst du dir Sorgen, weil er so ein großer und haariger Hund ist? Ich könnte mir auch einen anderen Hund mit kurzem Fell ausborgen und mitbringen.“

„Das ist es nicht …“, antwortete Alessa und fügte nach einer kurzen Pause hinzu:

„Nächste Woche habe ich meine Augen-OP.“

„Hm?! Ach so?“

Überrascht starrte Franky sie an.

„Aber sag das doch, das sind ja wunderbare Neuigkeiten. Warum …“

„Es tut mir leid“, presste sie hervor.

„Nein … mir tut es leid“, staunte Franky.

„Ich dachte, es sei ein einfacher Eingriff, nicht? Meintest du nicht, er dauert weniger als eine Stunde?“

„…“

„Ist die OP denn gefährlich?“

Alessa nickte wortlos. Als sie ihre lichtlosen Augen schloss, war es Franky, als ob er hören könne, wie sein Herz leise knackste.

Eine Weile lang saßen sie wortlos da. Wolken hatten sich am Himmel zusammengezogen und es machte den Eindruck, als könne es bald anfangen zu regnen.

„Ich … habe furchtbare Angst“, brach Alessa schließlich ihr Schweigen.

„Die Ärzte haben gesagt, dass ich mich nicht fürchten soll. Ich bekäme eine Narkose und wenn ich wieder aufwache, sei der ganze Spuk schon vorbei. Aber was, wenn ich erst gar nicht wieder aufwache? Wenn ich fortbleibe und nie wieder singen kann? Oder so wie jetzt mit dir hier sitzen und reden, Franky?“

Ihre Stimme klang rau. Die langen, goldenen Haare, die in einem geschwungenen Bogen auf ihre Brüste herabfielen, zitterten.

„Ich habe noch nie einen Mann gekannt, mit dem ich so unbeschwert über alles Mögliche reden konnte. So, wie es jetzt ist, ist es doch eigentlich wunderschön. Ich kann meine Lieder singen, ich kann mit dir reden …"

„Alessa …"

„Das genügt doch eigentlich, findest du nicht? Ich brauche gar nicht mehr, um glücklich zu sein."

Franky wusste überhaupt nicht mehr, was er empfinden sollte. Ihre Worte machten ihn glücklich. Gleichzeitig versetzten sie seinem Herzen einen schmerzhaften Stich und es war, als würde ein ungeheurer Druck auf seiner Brust lasten. Dass er für sie genauso wichtig sein sollte wie das Singen, war atemberaubend, aber es machte ihm auch Angst. Er konnte Alessa verstehen. Die Medizin hatte gewaltige Fortschritte gemacht, dennoch gab es bei keinem Eingriff eine absolute Gewissheit, dass alles gut gehen würde. Die Furcht, die Franky empfand, speiste sich allerdings aus etwas anderem.

„Du hast recht. Eine Operation ist beängstigend. Ich versteh das", sagte er und versuchte dabei möglichst ruhig zu klingen. Unter keinen Umständen durfte er sich anmerken lassen, wie nervös er in Wirklichkeit war.

„Weißt du, ich habe da einen Freund, er heißt Loid. Ein echt gut aussehender Typ. Aber weißt du, was? Als sie ihm seinen Weisheitszahn ziehen wollten, ist er vor Angst ohnmächtig geworden, kannst du dir das vorstellen?“

„Er wurde ohnmächtig?“

„Und wenn er eine Spritze bekommen soll, fängt er an zu weinen und will am liebsten weglaufen.“

„Ojemine …“

Dann näherte sich Franky vorsichtig Alessas Ohr und flüsterte ihr zu:

„In Wahrheit habe ich gerade von mir selbst erzählt.“

„Meine Güte!“

„Behalte es bitte für dich, okay?“

Da musste Alessa schallend lachen.

„Vielen lieben Dank“, prustete sie.

„Alles wird gut“, sagte Franky mit weicher Stimme, froh darüber, dass Alessa nun wieder heiter wirkte.

„Deine Operation wird ganz bestimmt gut gehen. Mit einem so lieben und netten Mädchen wie dir kann es das Schicksal einfach nur gut meinen, es geht gar nicht anders, dafür lege ich meine Hand ins Feuer.“

„Ach, Franky …“

Mit einem Mal liefen Alessa Tränen über die Wangen.

„Das stimmt doch überhaupt nicht“, sagte sie heiser.

„Ich bin gar nicht so nett, wie du denkst. In Wahrheit war ich mein Leben lang unausstehlich. Ich habe immer geglaubt, dass ich etwas Besonderes wäre. Ich hab auf die anderen herabgesehen und war überzeugt, dass mir alles Schöne und Gute auf Welt zustünde, als hätte ich ein Recht darauf. Hast du dich nie gefragt, warum mich keine Freunde besuchen kommen?“

Ihr Gesicht sah traurig aus, aber es lag kein Selbstmitleid in ihrer Stimme. Franky schämte sich ein wenig, wie naiv er sie betrachtet und behandelt hatte.

„Als ich dann mein Augenlicht verloren habe“, fuhr Alessa fort, „hat mir dieser Verlust zum ersten Mal klargemacht, was im Leben wirklich von Bedeutung ist.“

Sie wandte ihren Kopf mit einer sachten Bewegung in seine Richtung und ihre Haare wehten dabei leicht im Wind.

„Und dann bist du gekommen und hast mit mir geredet und mich aufgemuntert. Wolltest wissen, wie es mir geht, hast mir versichert, dass alles gut wird.

Hast nie von mir verlangt, dass ich mich anstrengen oder zusammenreißen soll. “

„…“

„Ich bin so froh, dass ich dich kennengelernt habe.“

Franky sah ihr in die Augen, die so tief wirkten, und fühlte sich in diesem Moment auf eigenartige Weise mit ihr verbunden. Durch den Verlust des Augenlichts hatte Alessa erfahren, was ihr im Leben wirklich wichtig war, was ihr Freude bereitete. Und sie dachte, dass Franky ebenfalls etwas Schönes war. Aber er hatte ihr ja nicht die Wahrheit über sich selbst erzählt. In ihre Augen schauend, konnte er dort sein eigenes Spiegelbild hämisch auf ihn zurückblicken sehen.

„Wenn ich meine OP hinter mir habe … wirst du dann weiterhin hier an meiner Seite sein?“

Ihre schneeweißen Wangen röteten sich schamhaft, als sie das sagte.

„Mal angenommen … Was wäre, wenn sich herausstellen sollte, dass ich ein hässlicher Winzling bin. Würdest du das dann auch noch wollen?“, fragte Franky sie und versuchte, dabei keck zu klingen.

Aber Alessa sah ihn nur gereizt an und blaffte.

„Was spielt das denn für eine Rolle? Mir ist vollkommen egal, wie du aussiehst, Franky. Selbst wenn du klein und hässlich bist!“

Sofort wurde sie knallrot bis zu den Ohren.

„Oh … e… es tut mir leid. Ich wollte nicht sagen, dass du klein und hässlich bist … S… So hab ich das gar nicht gemeint … Ich wollte nur sagen, dass du dir darüber keine Gedanken machen solltest …“

„Ach, Alessa … du bist eine kleine Närrin.“

Zumindest in diesem einen Moment war Franky wirklich froh, dass Alessa nicht sehen konnte. Er hätte nicht gewollt, dass irgendjemand ihn jetzt so sah.

„Ähm? Franky?“

Sein Schweigen ließ Alessa suchend die schmalen Finger nach ihm ausstrecken, doch er erfasste sie mit beiden Händen.

„Da bist du ja“, lächelte sie.

„Ich dachte schon, du wärst plötzlich weggegangen.“

„…“

Ihre zarten Finger in seinen groben Händen erschienen ihm wie Kunstwerke aus Glas, die er auf keinen Fall zu fest drücken durfte, weil sie sonst zerbrechen würden.

Also ließ er sie sanft wieder los.

„Komm. Ich glaube, es fängt gleich an zu regnen und du solltest zurück auf dein Zimmer gehen. Nicht, dass du dich vor deiner Operation auch noch erkältest."

„Ja …" Alessa nickte.

„Du kommst mich bestimmt besuchen, wenn sie mir den Verband abnehmen, ja?"

„Klar doch."

Nachdem Franky sich von Alessa verabschiedet hatte, die gar nicht mehr aufhören wollte, ihm zum Abschied zu winken, fasste er tief in seinem Herzen einen Entschluss. Er nahm sein Mobiltelefon aus der Tasche und rief Loid an.

◉

Ich dachte mir ja schon, dass es Ärger gibt, aber das schlägt dem Fass den Boden aus.

Dass Loids Vorahnung sich bewahrheitet hatte, war für ihn kein Grund zur Genugtuung. Schweigend und mit verschränkten Armen saß er da und starrte auf Franky.

„Du willst also, dass ich dir das Gesicht eines anderen gebe?

Für den Moment, wenn sie ihr den Verband abnehmen?"

„Ich bitte dich."

„Du spinnst doch!"

Twilight hatte geahnt, was los ist, als Franky ihn unerwartet angerufen und in eine ruhige Nebenstraße bestellt hatte, schließlich geschah das ja nicht zum ersten Mal. Er war schon nach Tipps fürs erste Date gefragt oder als Kummerkasten bei Liebesleid benutzt worden, aber dass Franky ihn darum bat, sein Aussehen zu verändern, war neu. Meinte er das etwa ernst? Sich mithilfe einer Maske in einen anderen Menschen zu verwandeln und unter diesen Voraussetzungen eine Beziehung mit einer Frau einzugehen, das war doch absurd! Hier ging es ja nicht um eine Mission, sondern um wahre Liebe, die würde sich durch so einen Trick nicht lange täuschen lassen. Erst recht, da Franky kein Agent, sondern nur ein Informant war, er würde sich über kurz oder lang auf mannigfaltige Weise verraten.

„Wenn es um die Liebe geht, musst du dich mit deinem eigenen Gesicht abfinden. Tut mir leid",sagte Loid und machte sich bereit zu gehen.

„Jetzt warte doch mal!

Weißt du noch, wie wir uns als Geheimpolizisten verkleidet haben, um Yor einer Überprüfung zu unterziehen? Das ist doch genau dasselbe. Außer, dass ich diesmal auch gerne eine andere Frisur haben würde! Und ein schickeres Outfit! Ich will, dass du mir eine komplette Runderneuerung verpasst!"

Franky eilte ihm nach und klammerte sich an Loids Hüfte fest.

„Ich kann da nicht so hingehen, wie ich bin. Und so anders sah ich mit dem hübschen Gesicht damals doch gar nicht aus, dass sah mir doch trotzdem ähnlich."

„Was genau soll dir dabei geähnelt haben? Jetzt sei nicht so verbohrt", schimpfte Loid, aber Franky ließ nicht nach.

„Blonde Haare und blauen Augen. Ach, nein. Dann sehe ich ja aus wie du. Wie wäre es dann mit langen schwarzen Haaren und einem jugendlichen Männergesicht? Vielleicht wäre ein Intellektueller mit großen Augen und dünnen Augenbrauen auch nicht übel, hm?"

„Mir ist klar, dass dieser Satz von jemandem wie mir anmaßend klingt, aber es ist wirklich keine gute Angewohnheit, Frauen reinzulegen."

„Da hast du recht, wer im Glashaus sitzt, sollte nicht mit Steinen werfen."

„Franky? Bis bald."

„Wa… Warte! Warte, bitte! Twilight!"

Franky überholte Loid und hielt ihn davon ab weiterzugehen.

„Ich flehe dich an. Du bist meine einzige Hoffnung. Bitte!"

Franky machte einen Kotau, das bedeutet, er warf sich auf die Knie und presse seine Stirn auf den Boden, um Twilight zu zeigen, wie verzweifelt er war. Es war eine Geste, die Twilight eigentlich nur aus dem Fernen Osten kannte und dort Dogeza genannt wurde. Jedenfalls verfehlte sie nicht ihre Wirkung, denn Twilight fragte ihn nun mit ernster Stimme: „Bist du wirklich so sehr verknallt in sie?"

„…"

Franky antwortete nicht und daran, dass sein übliches Lamentieren ausblieb, merkte Loid, dass es ihm ernst war.

Zugleich machte es die ganze Situation nur noch schlimmer, denn jetzt wollte Twilight ihm erst recht nicht mehr helfen.

„Hör mal zu, Franky. Das hier ist was anderes als ein Tipp fürs erste Date. Was machst du, wenn dein Täuschungsmanöver irgendwann auffliegt? Willst du den Rest deines Lebens hinter einer Maske verbringen?"

Es war schlichtweg unmöglich. Man konnte nicht einfach so sein eigenes Gesicht ablegen. Und Franky war eigentlich nicht so dumm, dass er das nicht begriff.

„Triff sie so, wie du bist. Wenn es dir tatsächlich ernst mit ihr ist, musst du ehrlich zu ihr sein".

„...Baltzer", murmelte Franky, noch immer die Stirn auf den Boden pressend. Twilight hielt inne.

„Wie bitte?"

„Sie ist die Tochter der Baltzer-Familie."

Franky hob den Kopf. Twilight konnte nicht erkennen, welches Gefühl die Augen hinter den dicken Brillengläsern verbargen.

Er runzelte die Stirn.

„Baltzer? Du meinst, die berühmte Musikerfamilie?"

„Ja."

Die Baltzers waren bekannt, ihre Familie hatte zahlreiche weltberühmte Musiker hervorgebracht. Einige der bedeutendsten Persönlichkeiten aus Ostania gehörten zu ihren Mäzenen, und WISE hätte nur allzu gerne mehr Informationen über sie gesammelt. Was sich Twilight hier darbot, war die Chance auf eine Informationsquelle, die man nicht mit Gold aufwiegen konnte.

„Sie hoffen, dass auch aus Alessa eine weltweit gefeierte Opernsängerin und sie auf Tourneen gehen wird", erklärte Franky.

„Das wäre für dich doch ein gutes Geschäft, oder nicht? Durch sie könntest du an unschätzbare Informationen rankommen."

Das klang selbst für Twilights Agentenohren ziemlich kaltschnäuzig.

„Und das wäre für dich in Ordnung?"

Er war überrascht davon, wie abgebrüht seine Frage klang, aber noch mehr überrascht war er von Frankys Gesichtsausdruck, als der ihm antwortete:

„Ja. Das geht klar."

„Bist du sicher?", hakte Twilight nach.

Dann ist das also deine Antwort.

Das, was Franky ihm vorgeschlagen hatte, war ohne jeden Zweifel ein guter Deal für ihn. Als Agent konnte er das nicht verleugnen. Trotzdem fühlte er sich von seinem Informanten irgendwie enttäuscht. Natürlich, er hatte selbst schon zahlreiche Frauen reingelegt, sie benutzt und abgelegt, nachdem sie ihren Wert für ihn verloren hatten.

Das wollte er gar nicht abstreiten und bat auch nicht um Vergebung dafür. Doch dass er sich so oft in dieser Weise die Hände schmutzig gemacht hatte, war seiner Rolle als Agent geschuldet und nicht seinem Ego. Das, was Franky vorhatte, lag dagegen nur an seiner Angst und seinem mangelnden Selbstvertrauen. Er würde die Person, die er liebte, verlieren, wenn sie die Wahrheit über ihn erführe. Und dennochr war er bereit, ihr etwas vorzutäuschen und sie zu einer ahnungslosen Informantin für einen feindlichen Geheimdienst zu machen.

Das war in der Tat mehr als nur desillusionierend. Sie waren keine Kollegen, keine Gleichgestellten, aber dennoch hatte ihn Twilight bis jetzt immer als jemanden betrachtet, dem er auf Augenhöhe begegnete.

Ach … habe ich mich so in ihm getäuscht?

Twilight war immer klar gewesen, dass Franky nicht die hellste Kerze auf der Torte war, aber er war kein Schweinehund. Ein Narr, ja, übereifrig, ja, aber nicht bösartig, sondern liebenswert.

Trotzdem brachte er es nicht übers Herz, Franky zu verurteilen. Was wusste er selbst denn schon von Freundschaft? Von solchen Dingen hatte er sich vor Jahren schon verabschiedet.

Und dennoch kam er nicht umhin, so etwas wie Freundschaft für Franky zu empfinden.

Das ist doch lächerlich. Vertraue niemandem. Lass nie Gefühle deine Arbeit beeinflussen.

Twilight ärgerte sich über sich selbst. Er kannte doch die eisernen Regeln für Spione. Ohne sie konnten Agenten wie er nicht überleben. Franky war ein Informant, nicht mehr und nicht weniger. Seine Aufgabe war es, Informationen zu beschaffen, die Twilight für seine Missionen benötigte. Es war nicht seine Aufgabe, ihn zu trösten und in die Bar zu begleiten, wenn er mal wieder bei einer Frau abgeblitzt war. Oder ihn zum Essen einzuladen und Tipps zu geben, wie man bei Frauen Eindruck machte.

„Also gut“, gab Twilight nach.

„Dafür schulde ich dir was“, bedankte Franky sich erleichtert. „Danke.“

„…“

Twilight musterte ihn mit einem letzten, kühlen Blick und drehte sich dann um, um endlich wieder nach Hause zu gehen.

Es war ein sonniger Tag, noch wärmer als der Tag zuvor, doch das war nicht der eigentliche Grund, warum Twilight versuchte, sich möglichst nur im Schatten zu bewegen. Er wollte nicht dabei gesehen werden, wie er sich am Treffpunkt von Franky und seinem neuesten Schwarm versteckte.

Den Hinterhof, auf dem er sich befand, hatte er bereits früher einmal als potenziellen Fluchtweg für sich ausgekundschaftet, sollte jemals ans Tageslicht kommen, dass seine Rolle als Arzt, für den er sich hier am Krankenhaus ausgab, nur eine Tarnidentität war. Auf diesen Hof kam nur sehr selten jemand und der weiße Rosenbusch, der hier wuchs, sah traurig und vernachlässigt aus.

„Hallo, bist du das, Franky?"

Twilight sah eine Frau auf Franky zugehen, der dort auf einer Bank neben dem Rosenbusch Platz genommen hatte.

„Genau", erwiderte Franky und stand auf.

Sein Äußeres war vollkommen verändert. Seine sonst schwarzen Haare lagen jetzt dunkelbraun, weich und nur ein bisschen zerzaust über seinem rundlichen Kindergesicht, das Alessa freundlich entgegensah. Auch der schlichte graue Rollkragenpulli, die hellen Jeans und die flachen Sneakers ließen ihn anders aussehen als gewöhnlich.

Alles war nur für den heutigen Tag beschafft worden. Seine dicke schwarze Brille, quasi sein Aushängeschild, und den Ring an seinem linken Ohr hatte er abgenommen.

„War die Operation ein Erfolg?"

„Ja."

Alessa lächelte verlegen in Frankys falsches Gesicht. Man konnte ihr ansehen, dass sie ihn sehnsüchtig erwartet hatte. Sie war wirklich eine ausnehmend gut aussehende junge Frau. Angesichts ihrer schönen Gestalt, ihrer Jugend und nicht zuletzt ihres Familiennamens war nicht daran zu zweifeln, dass sie einmal eine berühmte Opernsängerin werden würde, deren Ruhm dem ihrer Mutter in nichts nachstand. Zweifelsohne würde sie das Interesse vieler Mäzene erregen.

Unerheblich, ob sie es darauf anlegte oder nicht, ihr würden ganz automatisch unzählige nützliche und weniger nützliche Hinweise zugetragen werden. An der Seite von Franky würde sie somit eine unersetzliche Informationsquelle sein.

Seit ihrem letzten Gespräch hatten Twilight und Franky nicht mehr miteinander geredet. Sogar heute Morgen, als die Spezialschminke aufgetragen werden musste, hatten sie nur ein paar Worte gewechselt.

Findest du das echt in Ordnung?

Twilight war sich nicht sicher, ob er seine Frage an Franky richtete oder nicht vielmehr an sich selbst, und er musste verlegen lächeln. Rational betrachtet war das hier business as usual, auf diese Weise führte er sein Leben schon seit Langem. Keine unnötigen Fragen, keine unnötigen Sorgen.

„Hier. Zur Feier deiner Entlassung."

„Oh! Vielen Dank …"

Franky überreichte Alessa einen Strauß Blumen, woraufhin sich ihre Wangen glücklich röteten.

„Die sehen so hübsch aus", sagte sie, und näherte sich mit der Nase den schneeweißen Dahlien. Dann erzählte sie, wann man sie aus dem Krankenhaus entlassen würde und dass er sie dann auf jeden Fall zu Hause besuchen müsse. Ihre Eltern und ihr Bruder würden ihn sicher auch kennenlernen wollen. Franky hörte ihr schweigend zu und sah sie dabei freundlich an.

„Weißt du, was ich gerne mal machen würde? In den Freizeitpark gehen und mit einem Riesenrad fahren! Früher hatte ich nie die Zeit für so etwas, weil ich immer nur geübt und geübt habe …

Aber meine Eltern haben gesagt, dass ich mich jetzt, so direkt nach der Operation, erst mal erholen soll … Also … könnten wir doch mal zusammen einen Ausflug dorthin machen, oder, Franky?", fragte Alessa schüchtern.

Zu Twilights Überraschung stimmte er ihrem Vorschlag aber nicht sofort zu.

„Weißt du", sagte er mir sanfter Stimme, „Ich wollte dir heute unbedingt etwas sagen, Alessa."

„Hm? Was denn?", fragte Alessa mit einem strahlenden Lächeln. Wie um kurz Atem zu schöpfen, sah Franky eine kurzen Moment nach oben, um sich dann erneut mit einem sanften Lächeln Alessa zuzuwenden.

„Also, ich muss wegen eines dringenden Auftrags von der Arbeit das Land verlassen. Daher kann ich dich nicht mehr treffen. Es tut mir leid."

„Was?"

Alessas Gesichtszüge froren ein. Aber auch Twilight war verdutzt von seinem unerwarteten Verhalten. Franky dagegen wirkte unbekümmert wie zuvor und hatte sein Lächeln nicht verloren. Fassungslos krampften sich Alessas Finger um den Blumenstrauß in ihren Händen.

„Aber wieso? Das kann … doch nicht wahr sein … Franky, du hast es mir doch versprochen, oder? Du hast gesagt, dass du bei mir bleibst …"

„Es tut mir wirklich leid."

Frankys Stimme klang einfühlsam und doch beharrlich, als verkünde er eine Tatsache, an der es nichts zu rütteln gab.

Tränen sammelten sich in Alessas Augen.

„Das ist nicht fair …"

Sie hielt es nicht länger aus und Tränen kullerten ihre Wangen hinunter, aber selbst bei diesem Anblick wiederholte Franky nur stoisch:

„Es tut mir leid."

Dann fragte er:

„Sag mal, Alessa. Würdest du mir zum Abschied ein letztes Mal ein Lied vorsingen?"

Alessa schniefte noch eine Weile, aber schließlich fing sie an, mit tränenrauer Stimme zu singen. Das Liebeslied, dass sie vortrug, war traurig, schön und ergreifend. Franky lauschte ihr konzentriert, als wolle er sich ihr Bild für alle Zeit ins Gedächtnis einbrennen.

Loid wandte sich zum Gehen und verließ den Ort, ohne dass Franky oder Alessa ihn bemerkten.

„Hey."

„…"

Als Twilight in Frankys Stammkneipe kam, saß der bereits mit rotem Kopf und einem Glas in der Hand an der Bar. Seine Maske hatte er abgelegt. Twilight setzte sich auf einen der leeren Hocker neben ihm und orderte einen Martini.

„Du trinkst immer so schickes Zeug", alberte Franky. „Barmann, ich nehm auch so einen", rief er dem schweigsamen Barkeeper zu. Es dauerte eine Weile, bis die beiden Cocktails vor ihnen standen. Schweigend nippten sie an dem herben Getränk, in dem je eine Olive schwamm.

„Tut mir leid", murmelte Franky schließlich.

„Ich hab dich reingelegt."

„Schon gut …", antwortete Twilight und betrachtete dabei die Flüssigkeit in seinem Glas.

„Ich hätte dich mehr verachtet, wenn du das nicht getan hättest."

„Ha ha … Du hast dich echt verändert", lachte Franky leise. „Aber nicht, dass du deswegen frühzeitig abkratzt, okay?"

Was auf den ersten Eindruck wie eine Beleidigung klingen mochte, war eigentlich vielmehr anerkennend gemeint.

„Weißt du", setze er nach einer weiteren Pause von vorne an, „ich will, dass sich Alessa für den Rest ihres Lebens nur noch mit schönen Dingen umgibt."

„Ist das so?"

Weil er ein Teil der Unterwelt von Ostania war, zählte Franky sich selbst nicht zu den schönen Dingen. Das war der Grund, warum er sich aus Alessas Leben zurückgezogen hatte.

Dabei war sie die Erste, die ihn trotz seines Aussehens genommen hätte.

Loid war inzwischen sicher, dass sie Franky so akzeptiert hätte, wie er war, mit all seinen Fehlern. Selbst seine geheime Identität als Informant wäre bestimmt …

Franky hatte das gewusst. Er hatte erkannt, wie rein ihre Gefühle für ihn waren und sich deshalb von Twilight verkleiden lassen. Damit er zu einem gemeinen Kerl werden konnte, der ihr den Laufpass gibt. Und natürlich, damit sie ihn nicht auf der Straße erkennen würde, wenn sie sich je wieder begegnen sollten.

„Warum hast du mir nicht die Wahrheit gesagt?"

„Hm?“

„Warum hast du nicht gefragt, ob ich dir helfen kann, dass sie dich aufgibt?“

Twilight verstand nicht, warum er es so umständlich angestellt hatte, wenn er ihm doch bei so einer Sache gerne behilflich gewesen wäre.

Aber Franky entgegnete:

„Hör schon auf! Wie hätte ich dir gegenüber so etwas Peinliches sagen sollen?! Und was, wenn ich mir das am Ende alles nur eingebildet hätte? Ich wäre vor Scham und Trauer an Ort und Stelle tot umgefallen, du Knalltüte!“

Er schnaufte verächtlich durch die Nase, ein untrügliches Zeichen, dass er bereits wieder ganz der Alte war. Twilight hielt das inzwischen leergetrunkene Cocktailglas in seiner Hand und ließ die Olive darin sanft herumkullern.

„Ich hätte nicht gedacht, dass du mich düpieren würdest.“

Franky ließ sich vornüber auf den Tresen sinken und fing an zu schluchzen. Es war eine zu theatralische Geste, als dass Twilight sie hätte ernst nehmen können, aber er ahnte, dass Franky mit dieser Flucht nach vorne nur seine echten Tränen vor ihm verstecken wollte.

Er tat so, als beachte er ihn nicht weiter und bestellte für sie beide noch eine zweite Runde.

◉

„Herzlichen Glückwunsch zur Entlassung.“

„Viel Glück für die Zukunft.“

„Wenn ich irgendwann mal die Ankündigung für ein Konzert von Ihnen sehe, werde ich es auf jeden Fall besuchen.“

„Bestellen Sie ihren Eltern bitte einen Gruß.“

„Vielen Dank für alles, meine Damen und meine Herren.“

Alessa war mit großem Tamtam und Blumenstrauß vom zuständigen Krankenhauspersonal verabschiedet worden und ging nun auf den Wagen zu, der vor dem Gebäude für sie bereitstand. Sie war jedem einzelnen dieser Menschen für ihre hervorragende Arbeit dankbar, aber der, von dem sie es sich am meisten gewünscht hatte, war nicht gekommen. Sie bedauerte, dass sie ihn beim letzten Mal vorgeworfen hatte, er sei nicht fair zu ihr. Er hatte sicher auch seine Umstände. Jetzt schämte sie sich dafür, dass sie so eigensinnig und kindisch reagiert hatte.

Es tut mir so leid, Franky. Ich danke dir. Für alles, dachte sie insgeheim.

Wo auch immer auf der Welt er sich nun befinden mochte, auch er wünschte ihr sicher nur das Beste. Davon war sie jetzt überzeugt. Ein letztes Mal drehte sie sich um und sah zum Krankenhaus, mit dem sie nun dank Franky so viele schöne Erinnerungen verband. Da ging auf einmal ein junger Mann schnellen Schrittes in ihrem Augenwinkel vorbei und ein vertrauter Geruch von Tabak kitzelte sie in der Nase.

Hm?! Franky …

Schnell drehte sie den Kopf nach ihm um, doch als sie sein Gesicht sah, war sie enttäuscht. Das war nicht Franky, er sah ganz anders aus als der Mann, der sie nach der Operation besucht hatte. Betrübt stieg sie ins Innere des Wagens.

Unter dem aufbrausenden Motor der anfahrenden Limousine konnte sie nicht hören, wie sich der Mann leise von ihr verabschiedete.

NOVEL MISSION : 4

„Na los, Bond, hol´s!“

„Woff.“

„Anya! Bond! Lauft nicht zu weit weg!“

„Keine Angst, Yor. Ich passe schon auf sie auf.“

Familie Forger hatte ihre Picknickdecke auf dem kurz geschnittenen Rasen des Parks ausgebreitet und sie mit selbst gemachten Sandwiches, Fruchtsalat und Keksen gedeckt. Das glücklich aussehende Ehepaar Forger saß unter einem strahlend blauen Himmel in der Sonne und sah dabei zu, wie Tochter Anya mit dem Familienhund Frisbee spielte.

Perfekt.

Twilight alias Loid Forger war sehr zufrieden mit sich. So, wie sie dort saßen, gaben sie das idealtypische Bild einer glücklichen Familie ab. Niemand würde auch nur den Hauch eines Verdachts hegen, dass sie in Wahrheit nur eine Scheinehe führten.

Schon der geringste Zweifel oder das kleinste Misstrauen konnten einem Spion in diesen Zeiten schnell den Boden unter den Füßen wegziehen. Deswegen war Loid darauf bedacht, ihrem Umfeld in regelmäßigen Abständen das Bild eines vertrauten Familienidylls vorzugaukeln.

Schon seit dem Morgen hatten sie mit einigen anderen Familien aus demselben Wohnhaus kurze Unterhaltungen geführt und Twilight zeigte sich zufrieden. Es hatte sich wirklich gelohnt, sich zwischen den vielen Missionen endlich mal wieder eine Auszeit zu nehmen.

„Wir haben Glück mit dem Wetter heute. Nur der Wind ist ein bisschen kühl, meinst du nicht auch?“, fragte Yor.

„Für den Fall habe ich vorgesorgt und ein paar Decken mitgenommen. Möchtest du eine haben?“, entgegnete Loid.

Unterdessen kamen Anya und Bond über den Rasen zu ihnen gelaufen.

„Papa.“

„Was ist denn, Anya?“

Er fasste die auf ihn zustürmende Anya mit beiden Armen und hob sie hoch in die Luft, wie liebevolle Väter das eben mit ihren Kindern so zu tun pflegten.

„Hast du Hunger? Willst du ein Sandwich essen?“

„M-mh. Jetzt noch nicht“, antwortete Anya und zeigte mit dem Finger hinter sich.

„Der Mann da möchte mit dir reden, Papa.“

„Welcher Mann?“

Loid runzelte die Stirn und sah in die Richtung, in die Anya zeigte. In einiger Entfernung stand ein etwas ungeduldig wirkender junger Mann in einer abgewetzten Sportjacke, Jeans in derselben Farbe und alten Sneakers. Er war zudem dürr und hochgewachsen, das Wort schlaksig schien ihn ganz gut zu beschreiben. Über der Schulter trug er einen großen Stoffsack und in der linken Hand hielt er eine zusammengeklappte Staffelei. Loid sah genauer hin und erkannte überall auf seiner Kleidung kleine Farbspritzer. Aber für einen der typischen Freiluftmaler sah er zu jung aus, vielleicht war er ja auch ein Kunststudent.

Meine Behörde hat nicht anklingen lassen, dass sie mich kontaktieren will, aber …

Es war unwahrscheinlich, dass dieser Mann etwas mit seiner Einheit zu tun hatte. Schließlich war es selbst mit Tarnung äußerst fahrlässig, im Beisein seiner Familie Kontakt zu einem Agenten aufzunehmen. Loid war auf der Hut. Er verspürte keinerlei Feindseligkeit, aber man konnte nicht wissen, ob er nicht vielleicht ein Agent des Gegners war.

Während er über all das nachdachte, kam der junge Mann langsam auf ihn zu. Loid erhob sich und setzte sein harmlosestes Lächeln auf.

„Entschuldigen Sie, hat meine Tochter Ihnen Unannehmlichkeiten bereitet?"

„Nein, überhaupt nicht. Also, ich male Bilder", erklärte der Mann, ohne sich vorzustellen. Seine Stimme klang ein wenig monoton, aber eigentlich ganz angenehm.

„Wissen Sie, die Sache ist die … Ich habe seit einiger Zeit so eine Art Blockade. Ich weiß nicht, was ich malen soll oder will und irgendwie fehlt meinen Bildern etwas. Na ja, ich weiß auch nicht … Jedenfalls war ich schon wieder auf dem Weg nach Hause, da habe ich plötzlich Sie gesehen und mich gefragt, ob Sie mir nicht vielleicht Modell stehen wollen. Sie würden mir einen riesigen Gefallen tun."

Er ließ seinen Worten eine tiefe Verbeugung folgen.

„Wie? Modell?"

Loid spielte den Überraschten, aber eigentlich hatte er vor allem Zweifel.

Was redet der Typ denn da?

Eine solche Bitte war im höchsten Maße ungewöhnlich. Andererseits – wenn der Mann wirklich ein feindlicher Spion sein sollte, welchen Zweck sollte er damit verfolgen? Nichts deutete darauf hin, dass der Knabe ihn anlog.

Er war als Agent darauf trainiert worden, Täuschungsmanöver solcher Art instinktiv zu durchschauen.

„Papa, wirst du jetzt ein Mödel?"

Anya hatte ihre kleinen Hände zu Fäusten geballt und schnaubte aufgeregt.

„Nein, nein", rief der junge Mann und schüttelte den Kopf. Seine wenig bezaubernden, schwarzen Haare verströmten den Geruch von Terpentin. Sogar auf seinem Kopf konnte Loid einige Farbspritzer erkennen.

„Also, eigentlich wollte ich Ihre ganze Familie porträtieren."

„Bond auch?"

„Ja, deinen Hund auch."

„Woff."

„Oh, ich glaube, er ist einverstanden. Vielen Dank auch!", lachte der junge Mann.

Er verbeugte sich vor Bond und schüttelte ihm die Pfote, als sei er ein Mensch.

Wahrscheinlich war der Bursche tatsächlich nur ein gutherziger Maler, aber dennoch zögerte Loid. Seine Bitte würde jede Menge Probleme für ihn verursachen, was sollte er also tun?

Ich bin ein Agent, ich darf keine Spuren hinterlassen, auch nicht als Loid Forger. Ich kann ihm nicht einfach so Modell stehen …

Ohne dass die anderen es bemerkten, scannte er in Windeseile die Umgebung ab. Wie zu erwarten, hatte die unvorhergesehene Aufmerksamkeit dazu geführt, dass die Blicke der umstehenden Leute nun auf ihnen lagen, so wie dieses Pärchen dort auf der Picknickdecke, das amüsiert zu ihnen herübersah.

„Was ist denn da los?"

„Er hat sie gefragt, ob er sie malen darf. Bestimmt muss er eine Arbeit für seine Uni anfertigen."

Um seine Tarnung und die Mission nicht zu gefährden, durfte er auf keinen Fall Aufsehen erregen. Aber wenn er die Bitte des Kunststudenten schroff abwies, würde ihn das bei den Leuten ebenfalls in einem schlechten Licht erscheinen lassen.

Wer weiß, wer uns hier am Ende noch alles sieht. Besonders diese geschwätzigen Nachbarinnen … „Hast du das auch schon gehört", werden sie tratschen, „Herr Forger sollte einem Kunststudenten Modell stehen, aber er hat ihn in die Wüste geschickt!"

„Ist nicht wahr! So hatte ich ihn gar nicht eingeschätzt.

Aber da kann man mal sehen …“

„Es hätte ihnen doch nicht wehgetan, sich von ihm malen zu lassen, oder nicht?“

„Oder … welchen Grund könnte es geben, dass er partout nicht gemalt werden wollte?“

Er konnte sich diese Unterhaltung bildlich ausmalen.

Also gut, wir sind eine normale, glückliche Familie. Als solche müssten wir dem Anliegen dieses engagierten jungen Mannes doch nachkommen, oder? Andererseits, heute ist mein kostbarer freier Tag und den möchte ich ungestört mit meiner Familie verbringen, das wäre doch ein angemessener Grund für eine Ablehnung, oder?

Loid fasste einen Entschluss.

„Es tut mir wirklich sehr leid, aber ich habe zuletzt viel um die Ohren gehabt und wollte heute endlich einmal Zeit mit meiner Familie verbringen, deshalb …“

„Hwaaaaaaaah!“

Mit einem seltsamen und lauten Schrei wurde Loid mitten im Satz von Anya unterbrochen.

„Was hast du denn auf einmal?“

„Di… Dieser Aufkleber.“

Mit zittriger Hand zeigte sie auf die Rückseite der Tasche des jungen Mannes.

„Ach, das?"

Der Maler zog seine Tasche nach vorne und auf der unteren linken Seite kam ein glänzendes rundes Wappen zum Vorschein. Es zeigte in der Mitte Anyas geliebten Zeichentrickhelden Bondman.

„Das war mal ein Extra in der Bondman-Schokolade. Ich dachte, dass ist genau das Richtige, um meine Tasche damit zu markieren."

„Das legendäre Extra, das es nur ganz selten gibt", erschauerte Anya ehrfürchtig. Sie liebte Bondman über alles und Extras natürlich ebenso. Loid bekam ein ungutes Gefühl. „Ich kann dir ja auf dem Heimweg auch eine Bondman-Schokolade kaufen, okay?"

Er legte die Hand auf die Schulter seiner Tochter, die weiter wie verzaubert auf den Sticker starrte. Da sagte der junge Maler plötzlich:

„Wenn du willst, dann schenke ich ihn dir."

„Wirklich?!" Anyas Gesicht strahlte.

„Weißt du was? Du bekommst die ganze Tasche.

Der Sticker ist ja schon aufgeklebt. Ich muss mir nur schnell irgendwo einen Müllbeutel suchen, damit ich meine Sachen umräumen kann."

Er machte sich schon auf den Weg, um sich nach irgendetwas umzusehen, das einem Beutel gleichkam, doch Loid hielt ihn zurück.

„Auf keinen Fall, das ist wirklich nicht nötig …"

„Ach, Ihre Tochter scheint den Aufkleber wirklich sehr zu mögen. Ich bin sicher, dass er bei ihr besser aufgehoben ist als bei mir", erwiderte der Mann und ging zu einem Einkaufswagen, den er in der Nähe entdeckt hatte und in dem sich ein schwarzer Plastikbeutel befand. Kurzentschlossen nahm er seine Sachen aus dem Rucksack und schmiss sie in den Beutel.

„So, hier, bitte."

„Danke schön."

Anya hätte am liebsten vor Freude getanzt, als er ihr die Tasche mit dem Bondman-Wappen überreichte.

Hrmpf … Was ist das nur für ein komischer Kerl?

Der Maler hatte für seine Tasche keine Gegenleistung verlangt. Jetzt war es noch schwieriger, seine Bitte abzulehnen.

Loid hatte noch immer ein paar Optionen im Ärmel, mit denen er sich der unerwünschten Anfrage entledigen konnte, aber bei einem so herzensguten jungen Mann war keine davon ganz ohne Restrisiko.

Ach, was soll's.

Loid fand sich damit ab. Es war ja nicht so, als ob sie einem berühmten Künstler hätten Modell stehen sollen. Was würde es schon ausmachen, auf dem Bild eines anonymen Kunststudenten verewigt zu sein?

„Vielen Dank, das ist wirklich überaus freundlich. Also gut, wenn wir Ihnen damit behilflich sein können, werden meine Familie und ich Ihnen gerne Modell stehen. Einverstanden, Yor?"

Er sah zu Yor, die hinter ihm auf der Decke saß und die ganze Zeit schweigend zugehört hatte. Wie es sich für eine herzensgute Ehefrau gehörte, nickte sie pflichtschuldig.

„Ja, Sie haben Anya wirklich eine sehr große Freude gemacht, dafür möchten wir uns erkenntlich zeigen."

Sie lächelte freundlich. Der junge Mann tat überrascht: „Aber … das war doch wirklich nichts Besonderes."

Dennoch freute er sich sichtlich, dass seiner Bitte stattgegeben worden war.

„Vielen lieben Dank. Sie sind mir eine große Hilfe."

Er verneigte sich abermals ehrerbietig und reichte Loid seine mit Farbe bekleckste rechte Hand.

„Ich heiße Felix Curtis."

„Angenehm. Ich bin …"

Reflexartig wollte Loid nach der Hand von Felix greifen und sich vorstellen, doch dann hielt er mitten in der Bewegung inne.

Felix Curtis?

Felix Curtis war der Name eines bekannten Malers, der derzeit in aller Munde war. Ein verschrobener Sonderling, der sich nur selten öffentlich zeigte, weswegen so gut wie niemand wusste, wie er aussah. Die Zeitungen berichteten jedoch immer wieder von Verkäufen seiner Bilder, die für gewaltige Summen den Besitzer wechselten.

Ist er das wirklich? Nein, Felix Curtis müsste doch bestimmt Mitte Dreißig sein …

Der Mann, der dort vor ihm stand, sah vielmehr wie ein Teenager aus. Die Zeitungsberichte über ihn hatten ihn ganz anders beschrieben. Loid riss sich zusammen und ergriff die Hand seines Gegenübers:

„Entschuldigung. Ich bin Loid Forger.

Ich war nur kurz überrascht. Sie heißen ja genauso wie der berühmte Künstler Felix Curtis."

„Also, um genau zu sein, bin ich das."

Loid hielt den Atem an.

Unmöglich …

Obwohl er seine Mimik stets unter voller Kontrolle hatte, gelang es ihm nicht, seine Überraschung zu verbergen.

„Sie sind das?", fragte er.

„Kennt du ihn, Papa?"

Anya zupfte Loid am Ärmel.

„Nein. Aber er ist ein sehr berühmter Maler", erwiderte er.

„Also schön. Dann bereite ich mich mal vor. Bitte verhalten Sie sich ganz normal", erklärte Felix und begann, seine Staffelei auf dem Gras zu positionieren. Anya schaute ihm dabei ganz genau zu.

„Du siehst aber gar nicht so aus, als ob du berühmt wärst", sagte Anya unhöflich.

„Ach, nicht? Na ja, ich bin auch ein ganz normaler Maler."

„Bist du Millionär?"

„Nein. Das meiste von dem, was ich verdiene, spende ich an die Universität der Künste. Malen ist teuer, weißt du?

Ich wünsche mir, dass sich die jungen Studenten keine Sorgen wegen des Geldes machen müssen, sondern ihre Bilder frei von solchen Dingen malen können", antwortete Felix in seiner frischen Direktheit.

Was für eine beeindruckende Einstellung er hatte. Wenn das alles der Wahrheit entsprach, dann war Felix wirklich ein Musterbeispiel an Tugend. Wenn Loid ihm nun nachträglich doch noch die Erlaubnis entziehen sollte, wäre der Ruf seiner Familie zweifellos ruiniert. Es schien ihm, als würde er Stück für Stück weiter in die Enge getrieben.

„Ähm, Loid …", flüsterte Yor leise.

„Ist dieser Herr Curtis denn wirklich so berühmt? Ich dachte erst, er sei nur ein Kunststudent."

„Ja …", erwiderte Loid mit gedämpfter Stimme.

„Man könnte sagen, er ist der Mann der Stunde. Er benutzt Aquarellfarben und trotzdem sehen seine Bilder geradezu fotorealistisch aus. Ihm wird eine große Zukunft prophezeit. Ich habe mal in einer Galerie ein Bild von ihm gesehen und war beeindruckt, wie ausgefeilt es war. Eine der Schlagzeilen über ihn lautete: *Die Leinwand als Objektiv.*"

Loid hörte sich selbst zu, als er Yor all dies erzählte.

Darin lag in der Tat genau das Problem. Ein Bild der Familie Forger, gemalt von Felix Curtis, wäre kaum von einem Foto zu unterscheiden und wenn es dann noch aufgrund seiner Berühmtheit in einer Galerie oder einem Museum ausgestellt würde, dann …

Schlimmer hätte es nicht kommen können.

Loid musste das um jeden Preis verhindern.

„Es ist beeindruckend. Er sieht genauso alt wie Yuri aus", lächelte Yor bewundernd. Dann runzelte sie die Stirn. Vorsichtig fragte sie:

„Aber … das Bild wird doch nicht etwa am Ende noch ausgestellt, nur weil uns ein berühmter Künstler gemalt hat, oder?"

„Bei jedem anderen wäre ich mir nicht sicher, aber in diesem Fall …", orakelte Loid unheilschwanger.

„Es gibt bestimmt Leute wie Sand am Meer, die sich liebend gern alles, was er malt, aufhängen würden, und sei es auch nur eine Skizze. Aber ein echtes Gemälde …"

Bei jedem Wort schien Yor noch etwas mehr Farbe zu verlieren.

Weder Loid noch sonst jemand wusste, dass sie die berüchtige Auftragsmörderin „Dornen-Prinzessin" war.

Keiner, der je ihr Gesicht gesehen hatte, war lebend davongekommen.

Aber wenn nun doch jemand …

Sollte es auch nur einen Menschen geben, der seine Begegnung mit Yor unerwartet überlebt hatte, und dieser Mensch würde das Bild von Felix zu Gesicht bekommen, mit der Dornen-Prinzessin nebst Mann und Kind, dann wären Loid und Anya in größter Gefahr. Der Gedanke daran ließ sie kreidebleich werden.

Wa… Was mache ich denn jetzt? Wir haben zugesagt und ohne einen vernünftigen Grund zu nennen, wäre es höchst seltsam, doch noch abzulehnen … Du musst irgendwie verhindern, dass er dein Gesicht malt, Yor!

Etwas Besseres fiel ihr einfach nicht ein.

„Yor, ist was?"

Weil Loid nicht ahnen konnte, was Yor gerade durch den Kopf ging, sorgte er sich beim Anblick ihres plötzlichen Erblassens.

„Geht es dir nicht gut?"

„Nein, nein, ich bin topfit!", versicherte Yor, aber die Anspannung hinter ihrem Lächeln ließ sich kaum verbergen.

„Du schwitzt ja ganz fürchterlich."

„Urgh. Ä… Ähm, mir ist nur etwas warm", lachte sie nervös und zog ihre Wolljacke aus. Weil sie darunter lediglich etwas kurzärmeliges trug und ein kühler Wind wehte, musste sie jedoch gleich darauf niesen.

„Wolltest du nicht vorhin noch eine Decke haben, weil der Wind so kühl ist?"

„Nein, war bloß ein Irrtum. Heute ist es sehr warm!", erwiderte Yor steif, um Loid damit abzuwimmeln.

Was hat sie denn?

Yors eigenartiges Verhalten verwunderte Loid. Als er sich vorhin mit ihr unterhalten hatte, war bei ihm nicht der Eindruck entstanden, sie habe ein Problem damit, sich von diesem Kunststudenten malen zu lassen, aber nun schien es so, als ob es ihr nicht recht wäre, würde das Gemälde im Anschluss in einer Galerie zu sehen sein. Loid ging es, was das betraf, selbstredend genauso …

Aber da Yor keine Agentin ist, so wie ich, gäbe es für sie doch gar keinen Grund, sich dagegen zu sträuben. Ach, doch, Moment mal. Die Regularien im Rathaus von Berlint, Yors Arbeitgeber, sind sehr streng.

Natürlich, nickte Loid, sich selbst zustimmend, nachdem er sich endlich einen plausiblen Grund für Yors Verhalten zurechtgelegt hatte. Wenn Yor für einen berühmten Maler Modell stand und dadurch vielleicht am Ende sogar noch eine gewisse Bekanntheit erlangte, würde das böses Gerede von Neidern und Gerüchte über die Verschwendung von Steuergeldern geben. Die bösen Blicke ihrer Kolleginnen wären dabei sicher noch das geringste Übel. Vielleicht machte sie sich also deswegen Sorgen.

Die Beziehung zu ihren Kolleginnen ist ja in der Tat ein bisschen angespannt … Wie soll ich sagen? Ach, ich versteh das schon.

„Papa liegt total daneben."

„?"

Loid hob verwundert eine Augenbraue. Was hatte Anya da gemurmelt? Dieses Kind sagte andauernd irgendwelche komischen Dinge ohne jede logische Erklärung.

„Was ist? Womit liege ich daneben?", fragte er.

„Ach, gar nichts", gab Anya nervös zurück.

Vom Verhalten seiner Tochter verwirrt, legte Loid seinen Kopf schief, aber Felix war inzwischen damit fertiggeworden, seine Staffelei aufzustellen.

„Kann losgehen. Wenn ich Sie bitten dürfte?"

Yor hob zögernd ihren Arm in die Höhe.

„Könnte ich mich vielleicht vorher noch kurz frischmachen?"

„Aber natürlich. Nur zu."

„Na gut. Ich bitte um Entschuldigung."

Mit atemberaubender Geschwindigkeit flitze Yor in Richtung der Toiletten. Von ihrem unglaublichen Tempo überrascht, sahen ihr Menschen und Hund hinterher.

„Ist deine Mutter etwa eine Sprinterin?"

„Mama arbeitet als Mör… als mördsmäßige Beamte in einer Behörde."

„In einer Behörde? Du kennst aber schwierige Wörter. Was für ein schlaues Kind."

„He … He he he."

„Woff."

Loid atmete erleichtert auf.

Jetzt verstehe ich. Sie hat sich die ganze Zeit zusammengerissen, weil sie auf die Toilette musste …

Er war also doch der Einzige, der die ganze Zeit nur daran gedacht hatte, dass er nicht gemalt werden wollte.

Vielleicht hatte sie sich auch wegen der frischen Luft etwas verkühlt. Wenn sie zurückkäme, würde er ihr beiläufig seine Jacke über die Schultern legen. Oder wäre eine Decke vielleicht besser?

Anya betrachtete ihn mit einem leicht mitleidvollen Ausdruck im Gesicht, aber als Loid schließlich aus seinen Gedanken erwachte, waren sie und Felix längst damit beschäftigt, über Bonds wuschelige Haare zu streicheln.

◉

Es dauerte nur wenige Minuten, bis Yor zurückkam …

„Vielen Dank fürs Warten."

Anscheinend war Yor wieder ganz die Alte, sie klang so wie immer.

„Das ging aber schnell, Yo… Yoooor?!"

Anstatt sie mit einem freundlichen Lächeln zu erwarten, entfuhr Loid ein lauter Aufschrei. Yor hatte sich ihre langen, schwarzen Haare über das Gesicht gekämmt, sodass es vollständig verhüllt war. Zusätzlich hatte sie sich einen Teil davon wie einen Schal vor Mund und Kinn gebunden.

„W… Was ist denn, Loid?“

Sich mit beiden Händen vorwärtstastend, weil sie nichts sehen konnte, näherte sie sich ihnen mit tapsigen Schritten.

„Uwaaah! Ein Gespenst!“

„Wowowoff!“

Anya heulte ängstlich auf und Bond stand zitternd und mit eingekniffenem Schwanz da.

„Was? Ei… Ein Gespenst?! A… Anya? Bond? Wo ist es? Seid ihr in Ordnung?“, fragte die unheimliche Erscheinung.

Die Frage ist eher, ob bei dir alles in Ordnung ist, Yor, hätte Loid gerne gesagt, aber er verkniff es sich.

„Yor? Was ist denn mit deinen Haaren passiert?“, fragte er stattdessen mit gespielter Gelassenheit.

„Was? Ach so. Also … Ca… Camilla hat mir erzählt, dass diese Frisur gerade voll im Trend liegt. Und wenn sich schon mal die Gelegenheit bietet, sich adrett zu machen …“

„Diese Frisur liegt im Trend?“

„J… Ja!“, stotterte Yor entschieden.

„Ich meine, wenn ich schon gemalt werde, dann doch nach der neuesten Mode, nicht wahr? S… Seh ich komisch aus?“

„Öhm … Komisch ist nicht der richtige Ausdruck.“

Loid fehlten die Worte. Was war das auch für eine Frage, jedermann konnte auf den ersten Blick erkennen, dass sie seltsam aussah. Aber angenommen – obwohl das eigentlich unmöglich war – Yor fand diese Frisur wirklich schick, dann wollte er nicht einfach unbedacht ihre Gefühle verletzen.

War das mit der Toilette vielleicht doch nur eine Ausrede und sie will doch nicht, dass ihr Gesicht gemalt wird? Oder glaubt sie wirklich, dass diese Frisur derzeit in Mode ist?

Loid versuchte angestrengt, sich in die Gedanken seiner Frau zu versetzen, die wie ein Gespenst vor ihm stand.

Grah ... Ich versteh es einfach nicht.

Der Maler Felix dagegen schien die Ruhe selbst:

„Also, diese Frisur ist wirklich sehr avantgarde, gefällt mir, aber es würde das Bild farblich ein wenig zu düster machen. Wären Sie vielleicht so gut, ihr Gesicht freizumachen?“

Yor brachte ihre Haare in ihre ursprüngliche Form zurück und Loid konnte aufhören, sich weiter über ihre Motivation den Kopf zu zerbrechen.

„Tja, wirklich schade, Yor, nicht wahr?“

„J… Ja.“

Den Anweisungen von Felix entsprechend, nahmen Eltern und Tochter auf der Decke Platz. Auf dem Rasen daneben lag Bond und döste gemütlich vor sich hin.

„Es soll möglichst natürlich wirken. Sie können sich ganz normal miteinander unterhalten, auch ein bisschen Bewegung macht mir nichts aus“, sagte Felix und begann, seinen Pinsel über die Leinwand zu führen.

„Ich hab Hunger“, sagte Anya und nahm sich ein Sandwich. „Mjam.“

Anja ließ es sich sichtlich schmecken.

Ist das nicht ein bisschen zu natürlich?, dachte Loid, aber da Felix nichts weiter dazu sagte, war das wohl in Ordnung.

Die frische Brise hatte an Stärke hinzugewonnen und Yor musste abermals niesen. Ihr dünnes, ärmelloses Oberteil war vielleicht doch etwas zu kühl und sie zitterte.

„Du solltest dir vielleicht doch lieber wieder etwas überziehen, Yor. Es ist ziemlich kühl geworden.“

Mit diesen Worten reichte Loid ihr die Wolljacke, die sie zuvor ausgezogen hatte, und die sich vorne zuknöpfen ließ.

„Ich möchte nicht, dass du dich erkältest."

„Äh, ja … Vielen Dank."

Folgsam nahm sie die Jacke entgegen und kniff dabei die Augen verschwörerisch zusammen. Kurz darauf hatte sie die Jacke verkehrt herum angezogen, sodass die Kapuze ihr Gesicht verdeckte.

Hä?

Loid hatte Mühe, die Fassung zu wahren. Yor dagegen tat so, als sei ihr Aufzug das Normalste der Welt.

Häääää?!

„Y… Yor?!"

„Was denn, Loid? Du hattest recht, mir ist schon viel wärmer. Der Wind war tatsächlich ein wenig kühl."

Man konnte lediglich sehen, wie sich dort, wo sich Yors Mund befand, der Stoff der Kapuze bewegte.

„…"

Sogar Anya hielt jetzt beim Essen ihres Sandwiches inne und betrachtete den seltsamen Aufzug ihrer Mutter. Dann schluckte sie. Felix dagegen sagte nichts und schien überhaupt von all dem gar nichts mitzubekommen, denn er war vollkommen in seine Vorzeichnungen vertieft.

Loid tat also, als sei nichts Besonderes passiert, und wies Yor lediglich sanft zurecht:

„Du hast vorne und hinten verwechselt.“

„Hoppla … wie unachtsam von mir.“

Widerwillig zog Yor die Jacke wieder aus und legte sie sich salopp über die Schultern. Ihr Blick war untröstlich.

Ein unangenehmes Schweigen breitete sich über die Familie.

Da erfasste plötzlich ein Windstoß die Enden der Picknickdecke und ließ sie knatternd aufflattern. Anya heulte auf:

„Aua, ich hab was im Auge.“

„Anya, nicht reiben. Das macht es nur noch schlimmer“, hielt Yor sie zurück.

„Mach einfach die Augen zu, dann guckst du nach oben und blinzelst ein paarmal.“

Anya tat, wie ihr geheißen. Dann strahlte sie übers ganze Gesicht.

„Es ist weg!“

„Na prima.“

Yor nickte erleichtert. Dann machte sich erneut Stille bereit.

„Stimmt ja“, konnte man Yor leise vor sich hin murmeln hören.

„Millie hat mir neulich diesen Zeitschriftenartikel übers Schminken gezeigt. Angeblich beeinflussen die Augen unser Aussehen am stärksten ..." Auf ihrem Gesicht machte sich ein entschlossener Ausdruck breit und in ihren Augen funkelte es teuflisch.

„Papa und Mama sind komisch", meinte Anya leise.

„Mit der Jacke hast du schon wieder wie ein Gespenst ausgesehen."

Loid verspürte den Drang, zustimmend zu nicken, hielt sich aber zurück.

„Ah!", schrie Yor plötzlich auf.

„Der Wind! Ich hab etwas im Auge!", rief sie hölzern und presste dabei beide Augen zu. Selbstredend hatte es in diesem Moment keinen Windstoß gegeben.

„So ein Ärger ... Bestimmt werde ich die Augen nicht mehr öffnen können, bis wir wieder zu Hause sind."

„..."

Angesichts dieser schwachen schauspielerischen Leistung verfestigte sich Anyas Miene zu einem Ausdruck der Fassungslosigkeit. Loid schaute entsetzt, natürlich musste er auch darauf wieder irgendwie reagieren.

„Ähm … Alles in Ordnung, Yor?“, fragte er besorgt und beugte sich zu ihr hinüber.

„Zeig doch mal.“

Er berührte sanft ihr Kinn, um ihr besser ins Gesicht schauen zu können. Da riss Yor mit einem panischen Zucken die Augen auf.

„A… A… A… Aber …“

„Tut es weh?“

„Ach, e… e… e… es tut nicht … weh …“

„Bleib ganz ruhig.“, flüsterte er und kam ihrem Gesicht noch näher.

„Kyaaaaaah!“

„?!“

Nervös kreischend warf sie beide Arme nach vorne und stieß Loid mit einem heftigen Ruck von sich weg. Ihre Reaktion traf Loid völlig unvorbereitet und er wurde davon so heftig durch die Luft geschleudert, dass er erst einige Meter weiter hinten wieder auf die Erde plumpste.

Die Menschen um sie herum klatschten und riefen beeindruckt:

„Wow!“

„Also, das ist jetzt vielleicht doch ein bisschen zu viel Bewegung", tadelte dagegen Felix.

◉

„Ich möchte mich noch einmal herzlich bedanken, dass Sie mir heute so viel von Ihrer kostbaren Zeit geschenkt haben. Ich glaube, dank Ihnen ist es mir gelungen, einen neuen Weg einzuschlagen."

Felix deutete mit dem Kopf eine sachte Verbeugung an, in der Hand hielt er den schwarzen Müllbeutel mit seinen Sachen darin.

„Ach was … Und bitte entschuldigen Sie, dass wir so unruhig waren", lächelte Loid zurück, sichtlich bemüht, sich die Erschöpfung nicht anmerken zu lassen.

Der Park hatte sich inzwischen geleert, es waren kaum noch Menschen darin unterwegs, und im Westen hatte sich die Sonne purpurrot gefärbt. Bis zum Schluss hatte Yor nicht damit aufgehört, sich eigenartig zu benehmen. Einmal hatte sie den Kopf stur zur Seite gewandt mit der Begründung, sie habe sich nachts zuvor verlegen. Dann wieder hatte sie seltsame Grimassen geschnitten. Loid war völlig am Ende. Aber auch Yor wirkte erschlagen und wie eine leblose Hülle ihrer selbst. Anya indessen war, während der Maler sie eifrig porträtiert hatte, irgendwann eingeschlafen. Sie lag nun gemütlich schlummernd in Loids Armen. Einzig Bond schien ausgeruht und quietschfidel zu sein.

Loid entschuldigte sich, dass Felix es aufgrund des wilden Verhaltens seiner Familie nicht geschafft hatte, das Gemälde auch noch zu kolorieren, auch wenn das ja eigentlich vor allem Yors schuld war.

„Nicht doch. Ich habe mir alles genau eingeprägt. Die Farben kann ich auch noch zu Hause auftragen und das Bild vollenden."

„Wenn das so ist, dann ist ja alles gut", nickte Loid zwiegespalten.

Zu glauben, dass das unfertige Bild des Malers womöglich einfach nur in irgendeinem Lager landen würde, war wohl doch naiv gewesen.

In einer Woche, so Felix, bevor er sich endlich verabschiedete und auch die Familie ihren Heimweg antrat, würde er sich noch einmal mit ihnen treffen wollen, um ihnen das fertige Gemälde zu präsentieren.

Loid dachte daran, dass er jetzt eigentlich noch Essen kaufen und zu Hause etwas kochen müsste, doch verspürte er nicht die geringste Lust dazu. Für einen Restaurantbesuch fehlte ihm allerdings ebenfalls die Energie.

„Ich bin irgendwie total erschlagen. Sollen wir noch etwas essen gehen oder lassen wir uns heute etwas liefern?"

„Oh ja … gerne", antwortete Yor, die geistabwesend neben ihm herging. Um seine Frau aufzumuntern, schlug Loid mit heiterer Stimme vor:

„Wie wäre es mit Pizza? Ein Kollege hat mir erzählt, dass in der Nähe ein tolles neues Restaurant aufgemacht hat."

„Hm? Äh, ja. Das wäre schön. Ein Steak … wäre prima", antwortete Yor verträumt.

Hm? Was meint sie damit? Hat sie Lust auf Pizza mit Steakstreifen?

Vielleicht gab es das dort ja sogar, aber Loid konnte das schließlich nicht wissen.

„Ja, wenn man erschöpft ist, bringt einen ein bisschen Fleisch wieder auf die Beine, was?", gab er fragend zurück.

„Ja … Etwas Süßes ist bei Erschöpfung genau richtig", säuselte Yor diesmal.

„Hm? Sollen wir auf dem Heimweg dann noch ein Stück Kuchen besorgen?"

„Ja. Lass uns den Bus nehmen. Anya ist ja auch schon eingeschlafen."

„..."

Irgendwie redeten sie heute völlig aneinander vorbei. Yors Augen wirkten zudem völlig ausdruckslos.

Anscheinend wollte sie doch nicht gemalt werden, oder?

Zumindest schien das die einzige Erklärung, warum Yor sich heute so seltsam verhalten hatte. Letztendlich vergeblich, sodass sie nun von einer gewaltigen Müdigkeit erfüllt war.

Loid linste zu ihr hinüber und in Gedanken sagte er zu ihr den Satz:

Keine Angst, Yor. Verlass dich darauf, unser Bild wird ganz bestimmt nicht in einer Galerie ausgestellt werden.

Das würde er, Twilight, nicht zulassen.

Während er Anya ein wenig fester um die Schultern packte und Bond an der Leine hinter sich herzog, fasste er einen Plan. Das Beste wäre, er würde sich in einer Woche, wenn Felix ihnen das Bild präsentierte, hellauf begeistert zeigen und es ihm mit dem Geld seiner Organisation abkaufen. Allerdings hatte er keine Vorstellung davon, wie viel Felix dafür verlangen würde. Immerhin war er für die Öffentlichkeit nur ein ganz normaler Psychiater an einem städtischen Krankenhaus, er durfte sich nicht dadurch verdächtig machen, indem er eine riesige Geldsumme dafür bezahlte. Sollte der Preis zu hoch sein, blieb nur eine einzige weitere Möglichkeit: Er müsste in das Haus von Felix einbrechen, das Porträt entwenden und es nach einem ganz gewöhnlichen Raub aussehen lassen. Das wäre sicher am einfachsten zu bewerkstelligen. Der Plan war somit gefasst, nun musste er ihn nur noch in die Tat umsetzen …

Meine Güte. Wie hat es nur so weit kommen können?

Dabei hatte er doch nur ein Picknick mit seiner Familie machen wollen, und am Ende stand nun seine geheime Identität und damit auch sein Leben als Spion auf dem Spiel …

Das war wirklich kein guter Tag heute.

Topspion Twilight spürte, wie sein Magen grummelte, obwohl er in letzter Zeit ständig Tropfen dagegen nahm, und stieß einen tiefen Seufzer aus.

„Also deswegen hast du mich gebeten herauszufinden, wo dieser berühmte Maler Felix Curtis wohnt?"

Informant Franky stand an seinem Kiosk und schnaubte verständnisvoll durch die Nase.

„Du wirst echt oft in komische Dinge verstrickt."

„Ja, das war ein seltsamer Zufall."

„Zuerst dachte ich, dass ein derart berüchtigter Maler wie er bestimmt auch ein paar Leichen im Keller hat."

„Das hätte zumindest alles leichter gemacht."

Loid lächelte. Wäre Felix einer von diesen Fanatikern gewesen, die sich heimlich für einen Abbruch der Beziehungen zwischen Ost und West einsetzten, dann hätte er ihn einfach in seiner Funktion als Agent Twilight aufsuchen können. Aber Felix war eben nur ein herzensguter Maler. Und darin lag schlussendlich die ganze Misere.

„Hier ist die Adresse, nach der du gefragt hast."

„Oh, danke."

Loid nahm Franky den Zettel ab und las sich seinen Inhalt durch. Er kannte die Adresse, das Appartement lag ganz in der Nähe des Parks.

„Gibt es eine Alarmanlage?"

„Die Wohnung ist völlig ungesichert. Ich hab keine Ahnung, warum ein so stinkreicher Typ in so einem Apartment wohnt. Wenn du mich fragst, ist das ein Drecksloch."

Dann hatte Felix wohl die Wahrheit gesagt, als er beteuerte, all seine Einkünfte an die Kunsthochschule zu spenden.

Loid faltete den Zettel zusammen und steckte ihn beiläufig in die Tasche. Er schob Franky die Gebühr für seine Information über den Tresen, als habe er sich gerade Tabak gekauft.

„Dann also bis später", sagte er und machte sich zum Gehen bereit.

„Warte kurz", hielt Franky ihn zurück.

„Was noch? Im hab viel zu tun, im Gegensatz zu dir."

„Jetzt werd mal nicht gleich frech. Ich habe noch mehr herausgefunden. Deswegen glaube ich, dass deine Sorgen sehr wahrscheinlich unbegründet sind."

Mit diesen Worten schob Franky ihm einen weiteren Zettel zu.

„Was meinst du damit?"

Twilight runzelte die Stirn und streckte seine Hand nach dem Papier aus, doch Franky zog es schnell wieder weg.

„Das kostet extra."

„Du kriegst den Hals wohl nie voll", ätzte Loid.

Mit einer flinken Bewegung schnappte er sich das gefaltete Papier aus Frankys Hand.

„He! Das ist unfair!"

„Du bekommst dein Geld, wenn die Information es wert ist."

„Wer von uns ist jetzt bitte gierig?"

Twilight ignorierte Frankys Beschwerden, kniff die Augen zusammen und las, was auf dem Zettel geschrieben stand.

So ist das also?

Twilight musste unversehens auflachen.

„Was lachst du so dreckig?"

„Ach, nichts. Aber du hattest vollkommen recht."

„Sag ich doch."

„Hach, das hätte ich viel früher bemerken sollen."

Loid grinste und legte ein paar weitere Scheine auf den Tresen.

Endlich verstand er, warum der Mann so nach Terpentin roch, als sie ihn im Park getroffen hatten.

◉

Als sie in der Woche darauf am vereinbarten Treffpunkt Felix wiedersahen, präsentierte er ihnen ein wirklich originelles Familienporträt. Es handelte sich nicht im Geringsten um eine fotorealistische Darstellung, vielmehr sah es aus wie die Kritzelei eines Kindes.

„Ist das eine Kartoffel?", fragte Anya.

„Nein, das ist Bond."

„Aber das da ist eine Krabbe, oder?"

„Es tut mir leid … Das ist dein Papa", erklärte der Maler verschämt. Bislang war das Malen mit Aquarellfarben seine bevorzugte Technik gewesen, Ölfarben waren für ihn noch Neuland. Dennoch schaute er glücklich und erfrischt.

„Dank Ihrer Hilfe konnte ich mal wieder ganz befreit ein Bild malen, das von Herzen kommt. Ich verdanke Ihnen viel."

Loid betrachtete das Bild eindringlich, dabei kannte er es bereits von seinem Einbruch in die Wohnung des Malers. Felix Curtis war berühmt für seine fotorealistischen Aquarellbilder. Dies hier war sein erstes Bild nach einer langen Durststrecke. Was es für einen Preis erzielen oder ob überhaupt jemand eine Einschätzung und Bewertung vornehmen würde, war ungewiss.

Was aber sicher war, da hatte Twilight nicht den mindesten Zweifel – dieses Bild würde auf keinen Fall auch nur den geringsten Einfluss auf seine Mission haben.

◉

„Irgendwie bin ich jetzt richtig hungrig, Loid. Heute Abend werde ich uns was kochen!"

„Hm? Äh, na gut. Das wäre nett …", nickte Loid und lächelte Yor aufmunternd zu.

„Dann gehen wir auf dem Heimweg noch beim Supermarkt vorbei", juchzte Yor, als sie den Park verließen, und machte beim Gehen kleine Sprünge.

Nachdem sie nun endlich Felix' Bild gesehen hatte, war sie bester Laune. Sie endlich wieder fröhlich zu sehen, ließ Loid erleichtert aufatmen, denn die gesamte vergangene Woche hatte sie fortwährend Trübsal geblasen.

„Habt ihr irgendwelche besonderen Essenswünsche?"

Yor lächelte breit. Zu ihrer Überraschung schien Anyas Stimmung dagegen im Keller zu sein.

„Ich … hab keinen Hunger", maulte sie mürrisch.

„Soll ich dir vielleicht etwas Süßes kaufen?", fragte Loid und senkte dabei die Stimme. Er tat alles, um ein idyllisches Familienleben aufrechtzuerhalten. Alles für die Mission.

„Hab keine Angst. Yors Kochkünste werden jeden Tag besser, meist du nicht?"

„Dann bist du der Vorkoster, Papa."

Yor bekam von der Unterhaltung der beiden nichts mit. „Soll ich was mit Rindfleisch kochen? Oder doch lieber Ente? Mariniertes Schweinefleisch wäre auch lecker."

Vor sich hin summend dachte sie darüber nach, was abends auf den Tisch kommen sollte.

Loid grinste verlegen.

Hätte er nicht einen ganz anderen Malstil verwendet, hätte ich es am Ende doch noch stehlen müssen.

Es tat ihm leid, dass er es ihr nicht schon früher hatte sagen können und sie deshalb die gesamte Woche über so niedergeschlagen war.

Ich könnte sie ja mal wieder zum Abendessen ausführen. Ach nein, lieber nicht, ich will nicht wieder einen Tritt gegen das Kinn bekommen. Machen wir lieber als Familie einen Restaurantbesuch.

Seine sich befreit fühlenden Lungen atmeten tief ein. Alle Sorgen der vergangenen Tage hatten sich endlich in Luft aufgelöst.

Aber zu diesem Bild fällt einem wirklich nichts mehr ein …

Bond als Kartoffel, na schön, das konnte noch angehen, aber selbst ihn hatte Anya nur als Krabbe identifizieren können.

Auf eigentümliche Weise hatte das Bild dennoch einen gewissen Charme, den seine fotoähnlichen Gemälde vermissen ließen. Worin dieser lag, konnte Loid nicht mit Bestimmtheit sagen.

„Ich mag das Bild“, platzte Anya völlig unerwartet los. Typisch für ein Kind, machte sie aus ihrer Meinung kein Geheimnis.

„Es ist echt hässlich, aber irgendwie fühlt es sich warm an.“

„…“

Als er Anyas Worte sacken ließ, hatte Loid das Gefühl, er verstünde jetzt, was er zuvor nicht hatte in Worte fassen können. Die anderen Gemälde von Felix Curtis waren prächtig und seine Technik war atemberaubend. Trotzdem fehlte ihnen etwas. Vielleicht war es dieses Etwas, das er nun endlich gefunden hatte, was ihn derart strahlen ließ.

Loid erinnerte sich, wie glücklich der Maler ausgesehen hatte.

„Hi hi hi. Es ist wirklich ein tolles Bild“, stimmte Yor zu. „Zu sehen, wie glücklich wir als Familie in seinen Augen auf ihn gewirkt haben, das ist schön …“

Als sie das sagte, klang sie ein kleines bisschen schüchtern. Das wiederum veranlasste Loid zu einem glücklichen Lächeln und er bekräftigte:

„Da hast du recht. Ich finde das Bild auch sehr schön.“

„Woff“, stimmte auch Bond zustimmend ein.

Anya lachte.

„Bond hat es auch gefallen.“

Yor lächelte ihrer Tochter sanft zu, und selbst das zufriedene Grinsen Loids war in diesem Augenblick nicht das gespielte Glück des getarnten Agenten, sondern kam aus tiefsten Herzen.

THE ELEVEN SHIPS
DINNERS
&
OLD WINES
DINNERS
&
OLD WINES
DINNERS
&
OLD WINES
ALE
OUSE

SHORT NOVEL

Im Herzen von Berlint, der Hauptstadt von Ostania, befand sich ein Restaurant, das nicht übertrieben edel, aber dennoch sehr schick war. Der Chefkoch suchte die ausgewählten Zutaten mit großer Sorgfalt aus und kreierte daraus köstliche Gerichte, die seinen guten Ruf begründeten.

„Na ja, was ist schon so toll an einer Ehe?", meckerte Kellnerin Lilly mit ihrer Arbeitskollegin Rose beim Decken der Tische. Sie, die eigentlich auf der Suche nach dem Mann fürs Leben war, hatte gerade eine Abfuhr von einem potenziellen Heiratskandidaten bekommen.

„Wieso?", fragte Rose neckisch nach.

„Bist du beleidig, weil du schon wieder einen Korb bekommen hast? Du musst dich eben mal mehr ins Zeug legen, sonst wird das nie etwas."

„A… Also zuerst mal hab ich keinen Korb bekommen! Wir hatten einfach nur verschiedene Wertvorstellungen. Und zweitens musst du dich nicht dauernd über mich lustig machen, nur weil du deinem Freund bald das Jawort gibst!", sagte Lilly verärgert und seufzte.

„Ich lass das einfach mit dem Heiraten und bleibe Single! Man braucht keinen Mann, um das Leben zu genießen!"

Weil sie wütend war, zerdrückte sie eine fein zusammengelegte Serviette.

„Hey!“, schimpfte die etwas ältere Rose, als sie das sah. „Schau der Realität lieber ins Gesicht.“

Lilly blies die Wangen auf.

„Hast du dir schon mal die Familien angesehen, die bei uns zum Essen kommen? Die sehen doch überhaupt nicht glücklich aus.“

„Hm … Tja, da ist allerdings was dran.“

„Siehst du? Denk nur mal an die ganzen Eltern, die sich über das laute Schmatzen ihrer Kinder beschweren, aber selbst keine Tischmanieren haben.“

Lilly zupfte die Serviette wieder ordentlich zurecht, während sie von ihren Beobachtungen erzählte.

„Stimmt, da sagst du was.“

Rose verzog bei dem Gedanken daran das Gesicht, als hätte sie in eine Zitrone gebissen.

„Und immer mal wieder gibt es ein frisch verheiratetes Paar, das es für eine gute Idee hält, ihren Streit bei Tisch auszutragen anstatt bei sich zu Hause.“

Rose pflichtete ihr bei.

Außerdem könne sie es nicht leiden, wenn sich die Gäste selbstgefällig über den gedeckten Tisch streckten, fügte sie hinzu. Davon fühlte sich Lilly erst recht angestachelt.

„Ja, genau. Und erinnerst du dich noch an dieses alte Ehepaar, wo sich der Mann über jede noch so kleine Winzigkeit beschwert hat?“

„Ja, klar. Und ob ich mich an den erinnere.“

„Das Essen ist ja nur lauwarm! Das hat viel zu lange gedauert! Was sind das denn für alte Schinken dort an der Wand! Die Tischdecke hat einen Fleck. Seine Frau wäre am liebsten im Erdboden versunken. Die hat sich ganz klein gemacht, das hat mir voll leidgetan. Wahrscheinlich ist der zu Hause genauso und das die ganze Zeit.“

„Nee, das würde mich fertigmachen.“

Allein beim Gedanken daran bekam ihre Stirn Sorgenfalten. Rose erschauerte ein bisschen.

„Tja, eine Ehe bedeutet eben nicht immer zwangsläufig ewiges Glück.“

„So sieht´s aus.“

Die beiden fuhren noch eine Weile fort, sich über unglücklich verheiratete Gäste auszulassen.

Am Ende stand Lilly missmutig und mit herabhängenden Schultern da.

„Ach … Wenn ich so was sehe, muss ich an dieses Sprichwort denken: Die Ehe ist der Friedhof des Lebens. Vielleicht ist da ja etwas Wahres dran."

„Schau mal, die da. Was ist denn mit denen?", fragte Rose, während sie das Silberbesteck an der Tischkante ausrichtete, und wies mit dem Kinn in die entsprechende Richtung.

„Die dahinten?"

„Die waren doch schon mal hier und du hast gesagt, der Ehemann wäre genau dein Typ."

„Ach! Herr Mordor oder Borger oder so!"

„Herr Forger. Er kommt nie ohne vorherige Reservierung."

Lilly erwiderte:

„Ach ja, genau. Herr Forger."

Sie nickte.

Die Familie Forger, das waren Herr Forger, seine Frau und ihre kleine Tochter. Sie gehörten erkennbar zur Oberschicht, trotzdem waren sie immer sehr höflich und rücksichtsvoll zu den Angestellten. Nie rümpften sie die Nasen oder behandelten sie von oben herab.

Herr Forger hatte in der Tat ein ausnehmend hübsches Gesicht, ein ansteckendes Lächeln und war total Lillys Typ. Seine Frau wirkte dagegen fast etwas unscheinbar, dennoch hatte auch sie sehr feine Gesichtszüge und war stets modisch gekleidet. Darüber hinaus war sie sehr freundlich und hatte sich nicht mal beschwert, als Lilly ihr einmal versehentlich ein falsches Gericht gebracht hatte. Stattdessen hatte sie sogar noch auf ihre Gefühle Rücksicht genommen. Lilly war sofort klar gewesen, dass sie hier keine Chancen hatte und die weiße Flagge gehisst.

„Er sieht toll aus, sie hat einen guten Charakter und ihre Tochter ist echt niedlich, oder?"

Lilly seufzte und strich mit der Handfläche eine Falte aus der weißen Tischdecke. Beim Anblick der Kleinen hatte Lilly sofort Herzklopfen bekommen. Sie nuschelte ein bisschen und in ihrem Gesicht konnte man jegliche Emotion wie in einem offenen Buch ablesen, sodass Lilly, ohne zu wissen, was Muttergefühle waren, augenblicklich dahinschmolz.

„Ich glaube, ich habe die drei neulich sogar im Zoo gesehen", erzählte sie.

„War das, als du auf einem Date mit Kandidat Nummer zwölf warst?

Der hat sich ja leider auch ganz umsonst bemüht."

„Ist ja auch egal! Jedenfalls standen sie beim Giraffengehege und sie saß auf seinen Schultern und hat die Kopfbewegung der Giraffe nachgemacht. Dabei ist sie ordentlich ins Schwanken geraten und er musste sie gut festhalten und hat sie deswegen gutmütig ermahnt. Und die Mama stand daneben und man hat ihr angesehen, dass sie es total rührend fand."

Lilly erinnerte sich, dass diese Szene dort im Zoo alles verkörpert hatte, was sie sich von einer glücklichen Ehe erträumte. Sie hatte darüber sogar ihr Date vergessen, das neben ihr stand und ahnungslos weiterplapperte, bis ihr plötzlich Tränen über die Wangen liefen.

Hach, sie sehen so glücklich aus. So etwas wünsche ich mir auch, hatte sie von ganzem Herzen gedacht. Rührselig gab sie sich dieser Erinnerung hin.

„Anscheinend ist der Mann Arzt", sagte Rose, die sich in diesem Moment daran erinnerte.

„Auch das noch! Da wird man ja noch neidischer … Aber woher weißt du das überhaupt?"

„Habe ich beim Servieren aufgeschnappt. Ich glaube, sie arbeitet im Rathaus.

Und ihre Kleine geht auf die Eden-Akademie."

„Hä? Das kleine Mädchen? Die sieht doch noch so jung aus! Aber sie geht an diese Superduper-Eliteschule? Dann muss sie ganz schön clever sein! Aber wie hast du das alles aufgeschnappt, bist du eine Geheimagentin, oder was?"

Lilly war von dem verborgenen Talent ihrer Kollegin mehr als nur überrascht.

„So ein Unsinn, was redest du denn da? Das ist doch das Beste an unserem Beruf, findest du nicht?", antwortete Rose und sah zufrieden auf den Tisch hinab, mit dem sie gerade fertig geworden war.

„Du hast recht. Außerdem reserviert er ja immer auf seinen Namen, nicht wahr?"

„Uff … Der Mann ist Arzt, die Frau arbeitet im Rathaus und die Tochter ist auf der Eden-Akademie … Das ist echt zu gut, um wahr zu sein. Die reinste Bilderbuchfamilie. Ich wette, sie wohnen auch in einem wunderschönen Haus, so wie die Menschen im Fernsehen."

Allein die Vorstellung blendete Lilly mit ihrem strahlenden Glanz, sodass sie ungewollt die Augen zusammenkniff.

„Ach ja, noch was. Sie haben auch einen großen Hund.

Du magst doch Hunde, oder?“

„Einen Hund haben sie auch?!“ Lilly wäre beinahe auf der Stelle vor Eifersucht ohnmächtig geworden.

„Und? Willst du jetzt doch heiraten?“, stichelte Rose neckisch.

Lilly klammerte sich mit beiden Händen an ihrer Schürze fest.

„Rose! Ich hab mich entschieden! Ich werde mich ab jetzt mit doppelter Kraft anstrengen, um einen so tollen Mann zu finden!“, stieß sie mit Tränen in den Augen hervor …

Von einer Sache konnten die beiden selbstverständlich nichts ahnen: Diese Bilderbuchfamilie war in Wahrheit nichts weiter als eine zufällige Gemeinschaft von Menschen, die sich zu einer Scheinfamilie zusammengefunden hatten. Was aber umgekehrt die Forger-Familie nicht wusste, war, dass sie selbst noch als Scheinfamilie die Quote der Hochzeiten in Ostania in die Höhe trieb.

NACHWORT

Vielen Dank, dass ihr den Roman SPY X FAMILY - Familienporträt gelesen habt.

Ich hatte schon zuvor Kontakt mit JBooks und auch mehrfach mit dem Verlag zusammengearbeitet, aber ich hätte nie gedacht, dass auch mein Werk irgendwann mal eine Novel-Adaption erhalten würde.

Auch wenn es ein freudiges Ereignis ist, dass „meine Figuren“ von einem anderen „gelenkt“ werden, fühlte ich mich dabei ganz schön unsicher. Entgegen all meinen Befürchtungen hat Frau Yajima aber wirklich hervorragende Geschichten geschrieben.

Am besten gefällt mir persönlich die zweite Geschichte. Bei den lustigen Unterhaltungen zwischen Anya und Yuri und dem ganzen Schabernack muss ich einfach grinsen. Ich mag aber auch das Hin und Her zwischen Loid und Franky in der dritten Geschichte. Frau Yajima hat mit ihren Worten die Figuren und Situationen so schön beschrieben, dass es mir ein Leichtes war, die Illustrationen dazu anzufertigen.

(Nur bei der vierten Geschichte ist es mir nicht so gut gelungen, weswegen ich dort als Ausweg ein Konzeptbild gezeichnet habe.)

Ich würde mich freuen, wenn ihr Leser auch bei dieser Novel (und an meinen Illustrationen) Spaß am wilden Treiben der Forger-Familie hattet.

TATSUYA ENDO

Die Welt von SPY X FAMILY spielt in einem fiktiven Europa, das durch die Kalte-Krieg-Thematik irgendwie düster wirkt, aber dennoch auch lustig ist. Einige Szenen erinnern mich an Kinofilme und ein paar der Monologe haben mich direkt ins Herz getroffen. Hinzu kommen die aufregende Action und absolut liebenswürdige Charaktere. Das sind die Dinge, die ich ganz besonders an dieser Serie mag. Wenn ich die Wahl hätte, würde ich gerne eine Sekretärin an der Eden-Akademie sein. Ich würde aber auch als ganz normale Bewohnerin von Berlint zufrieden sein, solange ich diesen geliebten Figuren bei ihrem Treiben zusehen kann.

Herr Endo hat zwar mit dem Manga schon mehr als genug zu tun, aber er hat nicht nur einen Blick auf diesen Roman gehabt, sondern auch wundervolle Illustrationen beigesteuert. Dafür bedanke ich mich von Herzen … Ich war schon ein großer Fan, als TISTA erschien, aber als ich dann die Illustrationen bekam … Sie waren so schön und niedlich, dass mir die Tränen gekommen sind.

Vielen Dank an Rokugo und Nakamoto aus der Redaktion. Auch wenn die Anfrage an mich gerichtet wurde, habe ich der Redaktion sicher viele Umstände bereitet. Mein Dank geht auch an alle aus der Redaktion von JBooks, die seit meinem Debut ein wohlwollendes Auge auf mich hatten, an Herrn Lin aus der Jump+-Redaktion, an Shiotani von „Naht“ für die Korrektur, an all die Leute, die mit der Produktion und dem Vertrieb des Buches zu tun haben, und natürlich an alle Leserinnen und Leser. Euch allen gilt mein Dank aus tiefstem Herzen.

Ich hoffe, dass ihr alle noch lange eure Freude mit SPY X FAMILY haben werdet!

AYA YAJIMA

SPY×FAMILY

SPY X FAMILY KAZOKU NO SHOZO

First published in Japan
in 2021 by SHUEISHA Inc., Tokyo.
German translation rights in Germany,
Austria, German-speaking Switzerland
and Luxembourg arranged by SHUEISHA Inc.

Deutschsprachige Ausgabe/German Edition
© 2023 Crunchyroll SA
CH-1007 Lausanne

Aus dem Japanischen
von Lasse Christian Christiansen

Redaktion: Patrick Peltsch
Herstellung: Sonja Lesch
Lettering: Paolo Gattone, Chiara Antonelli, Alessio Ravazzani
Druck und Bindung: GGP Media GmbH, Pößneck

ISBN 978-2-88951-402-1